没落貴族の令嬢三姉妹を
押し付けられたので
最強メイドとして教育してみた。
赤川ミカミ
Mikami Akagawa
illust: のとくるみ
KiNG novels

成長株の三女
アリエーフ

不器用な次女
シャフラン
頑張り屋の長女
クレーベル

「レストさん、んっ、はぁ、あぁあっ……♥」

腰を動かしていくと、クレーベルが嬌声をあげた。

蠕動する膣襞が肉棒をしっかりと包み、しごきあげてくる。

「あふっ、ん、あっ、あぅっ♥」

片足を持ち上げて開かせながら突いていく。

ほどよい肉付きのむちっとした腿に指が食い込む。

後ろから身体を寄せて往復を続け、膣内を擦り上げていった。

没落貴族の令嬢三姉妹を押し付けられたので最強メイドとして教育してみた。

赤川ミカミ
illust：のとくるみ

KiNG novels

contents

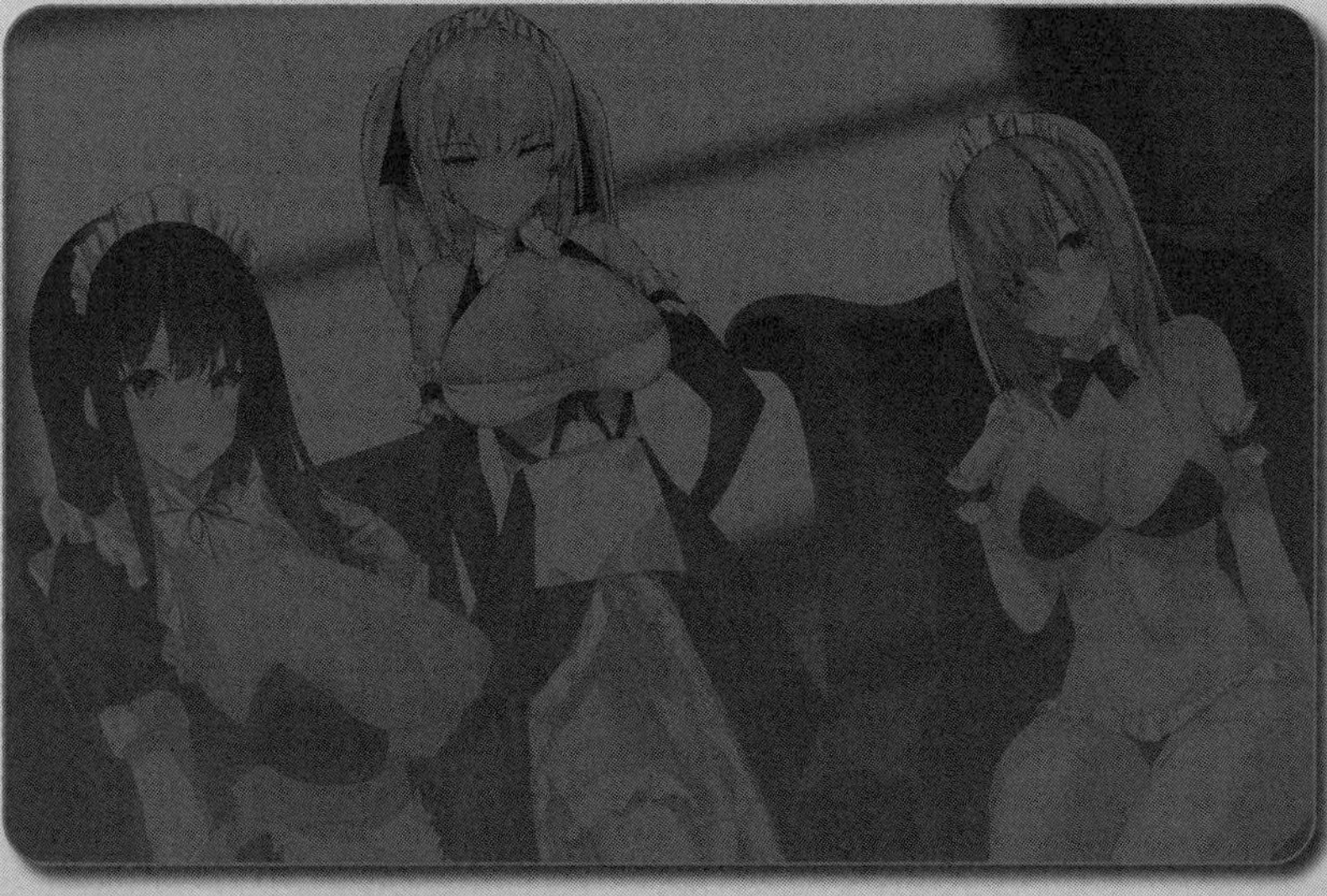

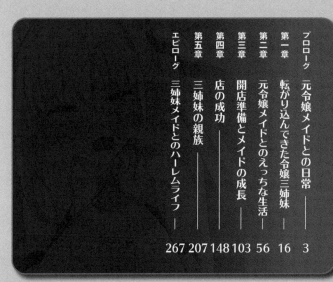

プロローグ　元令嬢メイドとの日常

没落貴族の令嬢二姉妹を押し付けられたので最強メイドとして教育してみた。


王都からは離れた、地方都市。

その町の外側、森の浅い部分にある屋敷。

町の外ではあるものの、一応は中心部からも道が繋がっており、いざ住むとなればそこまで不便でもない位置にある。

それが、俺の暮らす屋敷だった。

とある商人が建て、かつては喧噪を離れつつも華やかなパーティーを開いては、人を集めていた場所だ。

しかし世代が変わり、放置気味だった屋敷を買い取って、今は俺は暮らしている。

といっても、かつての住人のように金持ちではないから、パーティーを開くということはない。

俺がここを選んで住んでいるのは、人からの干渉が少ないからだ。

郊外であるため、仕事で大きな音を出しても平気だという理由が大きい。

俺は魔術師であり、この屋敷でマジックアイテムを作って暮らしている。

貴族も集まるような栄華を誇っていた屋敷だが、俺はあくまで静かな暮らしを望んでいた。

少し前まではひとり暮らしで、屋敷の外観にもこだわりなく、現実的に手も回っていなかったたために、ここは幽霊屋敷とまで呼ばれていた。

怪しげな魔術師が住む、町外れの洋館。外壁の周囲にはツタが這《は》い、子供たちの冒険としては魅力的な見た目をしている。しかし大人たちは、そこに住む俺が魔術師であることを知っているため、危険だから近づかないようにと教えていると聞く。

それがなおさら、幽霊屋敷という噂に拍車をかけていたのだった。

しかし最近では、その評価もまた変わってきているようだ。

それは俺の元にやってきた、元ご令嬢の三姉妹メイドによるものだ。

彼女たちは、とあるきっかけで俺の元を訪れ、そのままここで暮らすことになった。

そしてそれぞれが、メイドとして仕事を始めたのだった。

元々、家事とは無縁だった令嬢たちだ。

最初はお世辞にも仕事が出来るとは言いがたかったが……彼女たちはしっかりと努力を重ね、今では立派なメイドになっている。

そんな彼女たちとの生活で、ひとり静かに日々を過ごしていた俺にも変化が訪れていた。

屋敷も綺麗になり、今ではその一部を使って店をやっている。商売のほうも上手くいっており、人との交流も増えていった。

かつての俺はそういうことに、前向きな感情を抱けなかった。

だが彼女たちの影響で、ある程度は受け入れるようになっている。

しかし男である俺にとって、一番の大きな変化、関心事といえば、やはりメイドによる夜のご奉仕だろう。

美女三人が、代わる代わるご奉仕に来てくれる環境は、まるで夢のようだ。

そうして今夜も、元令嬢メイドが俺の部屋を訪れる。

「レストさん、ご奉仕に参りました♪」

そう言って部屋に入って来たのは、長女であるクレーベルだ。

ストレートロングの黒髪に、明るい笑顔。

元気で人あたりもいい彼女は、当初から慣れない仕事を頑張ってくれていた。

今では店の看板娘として接客も行ってくれていて、その華やかさから人気が高い。

笑顔が素敵な美人であるクレーベルだが、なかでも目を惹くのは常に存在感を放ち、歩くたびに揺れるその爆乳だろう。

彼女自身の包容力を示すかのような、そのたわわな果実は、圧倒的な破壊力を持っている。

露出度高めのメイド服に、こぼれそうなほどの爆乳。それは常に、深い谷間を見せつけている。

俺の視線に気づいた彼女は、自らの手でその大きな胸を持ち上げるようにした。

むにゅっと柔らかそうに形を変えながら、アピールしてくるおっぱい。

当然、そこに視線は釘付けとなる。

「それじゃあ、まずはこの胸でご奉仕させていただきますね♪」

クレーベルは妖艶な笑みを浮かべ、爆乳を強調しながら迫ってくる。

そんな誘惑に逆らえる男など、まずいないだろう。

ベッドに上がると、彼女はまず俺のズボンを脱がしにかかった。

前屈みになると爆乳が重力に引かれ、深い谷間がますます、きわどいほどに見える。

そうして見とれている間に、彼女は俺のズボンと下着を脱がせていった。

「レストさんのここ、まだおとなしいですね」

クレーベルはそう言うと、細い指で肉竿を軽くつついた。

いたずらっぽく、その指がペニスを刺激する。

爆乳で迫る彼女は魅力的なので、思わず見とれてしまうが、さすがにそれだけで勃起するほどに初心《うぶ》ではない。

彼女はまだおとなしい肉竿を指でなぞりあげると、自らの胸元をはだけさせていった。

服から解放された爆乳が、たぷんっと揺れながら現れる。

元々きわどく目を惹く胸元だったが、あらわになるとさらに破壊力抜群だ。

「それじゃ、失礼しますね。えいっ♪」

彼女は大きな双丘をさらに開くようにすると、深い谷間にペニスを包み込んで閉じた。

まだ膨張していないそれが胸にすっかりと包み込まれ、柔らかな圧迫感が広がっていく。

「うぉ……」

その気持ちよさと、美女のおっぱいに肉竿を包み込まれているエロいシチュエーションに、思わず声が漏れる。

それに、今でこそ俺のメイドになっているが、元は貴族のご令嬢だ。

本来ならお目にかかることすらかなわないような高貴な生乳が、自身のモノを包み込んでいる。

その状況に欲望が膨らみ、肉竿に血が集まっていった。

「んっ……わたしのおっぱいの中で、レストさんのおちんちんが、ぐんぐん大きくなっていくのがわかります……♥」

彼女は嬉しそうに言いながら、その胸をきゅっと寄せる。

柔らかな圧迫感に包まれながら、それを押し返すように膨張していく肉棒。

「ん、しょっ……」

彼女はそのまま、下から上へと胸をこね回すようにして刺激してくる。

ボリューム感たっぷりの爆乳が、むにゅっと変形しながら動き、包み込んでいる肉棒へと快感を送り込んでくる。

「あぁ……レストさんの先っぽ、出てきちゃいましたね」

完全勃起した肉棒が、胸の動きに合わせて飛び出してくる。

その先端をうっとりと眺めながら、彼女は胸を動かしていった。

すりっ、むにゅんっ……。

乳房が肉竿を擦り上げ、ぎゅっと圧迫し、丁寧な愛撫を行う。

元令嬢の爆乳パイズリは、気持ちよく俺の性感を高めていった。

「ふぅ、んっ……」

クレーベルは艶めかしい吐息を漏らしながら、その爆乳を動かしていく。

おっぱいが動き、自在に形を変える光景だけでもエロい。

その柔乳に包み込まれ、擦られるのはさらに気持ちいい。ぐっと持ち上がった胸が肉棒を完全に包み込んだかと思うと、緩めながら降りてきて亀頭が姿を現した。

「飛び出してきた先っぽを、あむっ♪」

「おぉ……！」

クレーベルは、ぱくりと先端を咥えた。温かな口内が亀頭を包み、濡らしてくる。

「れろっ、ちろっ……」

舌が先端をくすぐるように動き、気持ちよさを伝えてきた。

「れろろっ、ちゅぱっ……！」

舌先が鈴口をくすぐり、唇がカリ裏を刺激する。

奉仕の快感に浸っていると、クレーベルは上目遣いに俺を見る。

「んむ、じゅるっ……レストさん、気持ちいいですか？」

「ああ、もちろん」

俺は素直にうなずき、彼女を見る。

谷間から飛び出した肉竿を咥えるいやらしい表情と、むぎゅっと肉棒を挟み込んでいるおっぱい。

その光景は俺の欲望をますます煽ってくる。

「んむっ、じゅぷっ……このまま、ん、胸とお口で、じゅぷっ……」

「クレーベル、うぁ……」

彼女のパイズリフェラで、俺の限界がすぐに近づいてくる。

「んむっ、じゅぷっ、ちゅぱっ……」

チンポを熱心にしゃぶりながらも、ぎゅむぎゅむっと乳圧をかけてくる。

その二種類の気持ちよさが快感を膨らませ、俺を追い詰めていった。

「あふっ、おちんぽの先っぽが濡れて、いやらしいです……♥」

クレーベルは一度口を話すと、唾液でてらてらと光る亀頭を眺める。

そこから、幹のほうへと垂れていく水滴。

「濡れると、おっぱいももっと動かしやすくなりますね……ほら……」

クレーベルはその爆乳を寄せるようにしながら、肉竿を擦り上げる。

「おぉ……」

くちゅっと卑猥な水音を立てて、乳肉が先程よりもスムーズに動いていった。

「ん、しょっ……ぬるぬるのおちんぽ、おっぱいの中でずりゅずりゅって擦られてますね♥」

クレーベルは大きく胸を動かしていき、肉竿への愛撫を続けていく。

動きやすくなった分、テンポの上がったパイズリが肉棒を気持ちよくしていった。

「んむっ、先っぽからあふれてくるお汁を、ちゅぅっ♥」

「あぁっ……！」

彼女が先走りを吸い、大胆に胸を動かしていく。

「じゅぷっ、ん、このまま、おちんぽを吸って、じゅぶっ、ちゅぱっ、ちゅぅぅぅぅっ♥」

「ああ、出るっ！」

勢いよくバキュームしながら、クレーベルは爆乳で肉棒を絞ってくる。

その気持ちよさで、一気に射精した。

「んんっ!?　ん、ごくっ、じゅぶっ♥」

発射されされた白濁を口内で受け止め、そのままストローで吸うように精液を飲み込んでいく彼女。

射精中の肉棒を吸われる気持ちよさだけでなく、おっぱいの柔らかくて心地よい締めつけで、ますます大量に精液を放っていく。

「んむ、ん、ごっくん♪」

クレーベルは精液を飲み干してから、口を離した。

「あふっ……レストさんの濃いの、いっぱい出ましたね……♥」

「ああ……」

蕩けた表情で言いながら、やっと肉竿を解放してくれる。

気持ちいいご奉仕で放出したものの、彼女のような美女に迫られ、一度で収まるはずもなかった。

俺はクレーベルを抱き寄せると、そのままふたりでベッドへと寝転がる。

「あんっ♥」

彼女は素直に受け入れ、倒れ込みながら俺を見つめた。

そしてその温かな身体をこちらへと寄せて、軽く腰を動かす。

「レストさん、まだまだ元気なんですね……♥」

そう言って、期待を込めた目を俺に向けていた。

「ああ。次はどこで気持ちよくしてもらおうかな」

俺が言うと彼女は俺の手をとって、自らのスカートへと導いてくる。

「レストさんの好きにしていいんですよ……手でも口でも、おまんこでも♥」

そう言いながらも、彼女は俺の手をスカートの内側、下着に包まれた割れ目へと導いていく。

指先で軽くなで上げれば、彼女はぴくんと反応する。

下着から滲み出した愛液が、俺の指を濡らしていった。

パイズリフェラでのご奉仕で、クレーベルもすっかりと感じ、待ちきれないようだった。

俺はそんな彼女のおまんこを、指先でくちゅくちゅといじっていく。

「あっ♥　ん、はぁ。レストさん、んぅっ……」

色っぽい声を漏らしながら、潤んだ瞳で俺を見つめるクレーベル。

姿勢を変え、そんな彼女を後ろから抱きしめるようにした。

「あふっ……」

そしてまだ滾りっぱなしの肉竿を、後ろから彼女のお尻へと押しつける。

「あぅっ、レストさんの硬いのが、つんつんって……」

「ああ。次はここで、気持ちよくしてもらおう」

俺はそう言って、令嬢メイドの下着をずらしていく。

もう十分に濡れたその膣口が、肉竿を待ちわびてひくついていた。

彼女の脚を持ち上げるようにして、その入り口へと肉竿をあてがう。

「んんっ、はぁっ……♥」

そしてそのまま、腰をゆっくりと進める。

ぬぷり、と蜜壺が肉棒を受け入れた。熱くうねる膣襞が、肉竿を迎え入れて包み込む。

「あんっ、ああっ……♥　太いのが、わたしの中に、んぅっ……」

背面側位の形で繋がり、後ろから彼女を抱きしめるようにしながら腰を動かしていく。

「はぁ、んあっ……」

いきなりの挿入でも、クレーベルは甘い声を漏らしながら感じていく。

膣襞《ちつひだ》が肉棒をしごき上げ、愛液をあふれさせていった。

「レストさん、んっ、はぁ、ああっ……♥」

腰を動かしていくのに合わせ、彼女の口から嬌声が零れる。

蠕動《ぜんどう》する膣襞が肉棒をしっかりと包み、しごき上げてくる。

女性の中の気持ちよさを感じながら、俺は抽送を続けていった。

「あふっ、ん、あっ、あぅっ♥」

俺の動きに合わせて、感じた声を増していくクレーベル。

その可愛らしくも淫らな様子が、ますます俺を興奮させていく。

「レストさんの、大きいのが……わたしの中を、いっぱいに、んぁっ♥」

片足を持ち上げて開かせながら、その潤んだおまんこを突いていく。

ほどよい肉付きのむちっとした腿《もも》に、軽く指が食い込んだ。

後ろからさらに身体を寄せて往復を続け、膣内を擦り上げてセックスを楽しむ。

「ああ、ん、はぁっ、あふっ……♥」

彼女の口から漏れる喘ぎ声を聞きながら、腰を動かすのは最高だった。

汗ばんだ白い首筋に軽く息を吹きかけると、彼女が身体を跳ねさせた。

「んぁっ♥　レストさん、それ、ん、ふぅっ……」

「首が弱いみたいだな」

普段は長い髪に隠れているうなじ。俺は再び、そこに息を吹きかけた。

「あぅっ、ん、はぁっ……あぁっ！」

首筋で感じた彼女の膣内がきゅっと締まる。次には、無防備なうなじへと舌を伸ばした。

「ひゃうっ、くすぐったいですっ、ん、あぅっ……♥」

クレーベルはそう言って小さく身体を揺する。

俺は抽送を続けながらも、彼女の首筋を責め続けていった。

「んぅっ、はぁ、あっあっ♥」

令嬢メイドが、快感で声を漏らし、どんどん乱れていく。

俺はさらに腰振りのペースを上げ、蜜壺をかき回していった。

「んはぁっ♥　あっ、そんなにされたら、あっ♥　わたし、もう、イクッ！　イっちゃいますっ……！　ん、ああっ！」

嬌声を堪えきれず、絶頂へと感じていくクレーベル。そんな彼女を後ろから突き、導いていく。

「んぁ、あっあっあっ♥ も、だめぇ……！ んぁ、あっ、んくぅっ！」

うねる膣襞をかき分け、その奥の奥まで……容赦なく突き込んだ。

「ああっ、んっ、あっあっあっ♥ イクッ！ あふっ、んぁっ、すごいのぉ、イクイクッ！ イックウウゥゥゥッ！」

彼女が絶頂を迎え、膣道がきゅっと収縮する。

肉棒を根元から咥え込み、精液を搾ろうとするその動きに、俺も快感がはじけそうになる。

自分も昇り詰めるために、さらにその絶頂おまんこを往復していく。

「んはぁっ♥ あっ、イってるおまんこ、レストさんのおちんぽにまた……ズンズンされて、あっあっ♥ イクッ、んぁっ！」

激しく喘ぎ、連続イキへと高まる彼女の膣内。

蠢《うごめ》く膣襞の気持ちよさに誘われるまま、俺は腰を振った。

「出すぞっ！」

「ああっ♥ レストさん、はいっ！ だして……ん、はぁあああっ！」

快楽にうねる膣内を往復し、俺も限界を迎えた。

どびゅっ！ びゅるるるるっ！

そしてそのまま、彼女の中で果てる。

「んくぅぅぅっ♥ 熱いの、わたしの奥っ、んぁ、いっぱい出されてイクゥッ！」

彼女は中出しを受けて、またイったようだ。

その膣内が喜ぶようにざわめき、射精中の肉棒をキツく締めつける。

気持ちのいい絶頂おまんこの抱擁で、俺は精液を搾りとられていった。

「あっ♥　ん、はぁっ……♥」

射精が終わっても、クレーベルは喜びの声を漏らしながら余韻に浸っているようだ。

俺はそんな彼女から、肉棒をそっと引き抜いていく。

「あぅっ……でちゃうんですか……」

そしてそのまま、後ろから彼女をぎゅっと抱きしめる。

美しい三姉妹。そのいずれもが、今は俺のメイドだ。

射精後の満足感に包まれながらも俺は、彼女たちと出会い、共に過ごすようになった幸せをかみしめる。

「レストさん、んっ……」

彼女は抱きしめている俺の腕に、そっと手を重ねた。

細い女性の指が、俺の腕を撫でる。

そのまましばらく、俺たちはそうして互いの体温を感じ合っていた。

まどろみが俺の意識を、ぼんやりと溶かしていく。

予期せぬ出会いが生んだ、幸せな時間。

俺はぼんやりと、彼女たちと出会った頃のことを思い出すのだった。

第一章　転がり込んできた令嬢三姉妹

取引を終えた商人が、目の前の道から森の中へと馬車を走らせていてくのを見送って、俺は軽くのびをした。

声の出し方を忘れると言うほどでもないが、今の俺が人と話をすることは少ない。

こうして時折訪れ、俺の作ったマジックアイテムを仕入れてくれる商人との商談か、たまに町へ行って買い物をするときぐらいのものだ。

大抵の日はひとりで、屋敷にこもって過ごしている。

町から離れた森の中の洋館。

ひとりで住むには立派すぎるこの建物は、元々は裕福な商人の家だった。

最盛期には、整えられた庭や屋敷の中で華やかなパーティーが行われ、多くの人が訪れていたらしい。金持ちたちの隠れ家的な意味もあったという。

都会というのは、若者が夢を追い、成功を手にするには適した場所だ。

しかし、成功してある程度の蓄財で満足した後は、そういった喧噪を離れたいと思う人間が一定数いるものだった。

そうした理由で、こういった場所に貴族や富豪の屋敷が建つことも、そう珍しくはない。

都会に疲れたとはいっても成功者だ。それなりに金があり、華美ではなくとも質が良い家具が揃っていることが多い。

そんなわけで、俺が生まれる前から建っているというこの洋館もまた、さしたる不便もなく立派に存在しているのだった。

ただ、さすがに築年数からの貫禄は出てきている。

というか……。

本来は、大商人が使用人ありきで管理し、さらにはお客を呼ぶために建てられた大きな館だ。

俺はひとり暮らしであり、客人を呼ぶようなこともないため、館の手入れはかなり杜撰《ずさん》だった。

その結果、庭には雑草が生い茂り、壁面も汚れたままだ。

そんな状態だから、森の中にあるということもあって、ここは町の人々から幽霊屋敷として有名だった。

取引のある商人も含め、俺のことを知っている者は問題ないのだが、子供たちなどは本当に幽霊屋敷だと思っているみたいだ。

近づくなとまで言われているが、そも仕方ない。その理由の大半は外観だけでなく、ここで行われていることと、俺自身についてが原因だろう。

俺は魔術師であり、マジックアイテムを作って生計をたてている。

マジックアイテムは生活に便利なものもたくさんあるが、普通は冒険者が扱うような、武器に類するものが一般的だ。

それを作る魔術師という存在は、時にはありがたがられ、時には恐怖の対象となる。

大商人の元で、組織に所属してマジックアイテムの製作を行う魔術師はまだましだ。

社会的にもまともと思われるのだが、個人だとそういった後ろ盾はない。

特に、他には魔術師がいないような田舎ならばなおさらだろう。

あえてどこにも所属しないというのが、さらに後ろ暗さを連想させる。

実際のところは、単に人間関係が面倒だとか、組織としての不自由さが好きじゃないのが俺の理由なので、危険なことをしているわけでもないのだがな。

まあ、そうして社会を避けて暮らしている以上は、人々の評価もうなずけるし、子供が屋敷に近づかないはがいいのも事実だろう。

俺としても、あまり人が訪れるのは好みではない。

ともあれ、そんなわけで人が訪れることのない幽霊屋敷で、俺はマジックアイテムの作成を行いながら暮らしている。

屋敷についてはもちろん、きちんと手入れできるならば、そのほうが望ましくはある。

しかし、訪れる人もいない中で、わざわざ掃除しようという気は、これからも起こらないだろう。

俺がここに住むのはあくまで、邪魔が入らず、アイテムの作成がしやすいからだ。

それならば、他人が寄りつかないほどに汚いほうが、むしろ望ましいともいえる。

今のところはそれで困らないし、状況が大きく変わらない限り、改善することはないだろう。

こういう性格もまた、幽霊屋敷の危ない魔術師扱いされる原因ではある。

商人との取引も終え、俺は軽く準備をすると、森の中へと入っていく。

マジックアイテムの作成には、まずは材料となる素材が必要だ。

それは森の中に生えている薬草だったり、モンスターの爪や牙などのこともある。

材料を買うというのも選択の一つではあるが、近場で手に入るものなら自分で集めるほうがいい、というのが俺のやり方だった。

何がいつ、どのくらい必要かというのは、事前にすべてわかるものではない。なので、定期的に商人から買い付けるのは効率が悪いのだ。かといって頻繁に町へ出て探すというのも、なかなかに億劫なものだった。

それに、一応それなりの腕はあるつもりだし、身体を動かしがてら素材を集めるほうが、きっと健康にもいいだろう。

町へ繰り出して他人と騒ぐ趣味はないが、身体を動かすのは嫌いでもない。

そんな風に考えながら、森の中を進んでいく。

かつての名残《なごり》で、馬車が多く通っていた部分は土が踏み固められて道になっており、それなりに見通しがきいて歩きやすい。

素材を探すためにそこから外れると、自然のままである森の中で、一気に景色が変わる。

これは、一般的な林道や登山道でもそう変わらないだろう。

俺は必要な薬草を集め、袋に詰めていく。

慣れているから、半ば自動的に薬草の見分けはつくし、動作も身体が覚えている。

そうして作業しながら俺は、先程の商人から聞いた話を思い出していた。

彼は唯一と言っていい、定期的な取引のある人間だ。

単発の依頼ならば貴族などからも時折ある。だが、定期的に必要となる品物については彼らも、地元の商人と取引しているのが基本だ。

俺の元に来る依頼は、何かしら特殊なものが多い。お抱えの魔術師があまり得意としていないアイテム……ということになるのだろう。

と、そんなわけで。いつも仕入れてくれる彼からは、あちこちの噂話などをよく聞く。

今回、いちばん大きかった情報は、ニマーチ家が没落し、当主であるニマーチ伯爵が姿を消したという話だ。

これはさすがにあちこちで話題になっており、様々な憶測や噂話の種になっているという。

いろんな説がささやかれすぎていて、実際に付き合いのあった貴族たちでもなければ、何が真実なのかはわからない話だった。

ただ、当主である伯爵が姿を消し、屋敷が空っぽになっているのは事実らしい。

驚いたといえば驚いたのだが……実のところ、俺はこの話のなりゆきについては、それなりの予想がついた。

それにはもちろん理由がある。

貴族の多くはプライドもあって、基本的には納入すればすぐに金を払ってくれる。

だが、ニマーチ伯爵にアイテムを納入したときに初めて、俺は支払いを先送りにされたのだ。

その時点で資金繰りがかなり怪しかった、ということだろう。

とはいえ貴族様が相手だし、あまり強く出るのもはばかられるか……などと思っているうちに、伯爵はどこかへ消えてしまった。

結果としては、俺はそのときの代金を回収できずじまいなのだが……仕方ないな。

結構な数の貴族家が必死に探しても見つからないということだから、俺が伯爵を見つけるのなんてまず無理だろうし、捕まえたところで資金を回収できる可能性はないだろう。

せいぜい、伯爵が働いて身体で返してくれれば理想的だが……返済以上に現実的ではない。

たとえ伯爵が奴隷になったところで、おっさんではたかが知れている。

こんな森の中では金の使い途もないから、蓄えはある。

しかし、金額的にはけっこうな損失だ。

貴族がわざわざ俺に発注してくるアイテムというのは、決して安いものではないからだ。

それこそ場合によっては、奴隷だって買えるような値段がつくわけで……。

それでも俺が平然としていられるのは、慎ましやかに暮らしていく分には、金銭的な余裕があるからに過ぎない。

「しかし、伯爵でも夜逃げするくらいの状況なのか」

決して、国同士での争いが起こっているわけではない。

一市民としては平和で助かる限りだが、貴族が身持ちを崩すとなると、この国は今、経済的には厳しい情勢なのかも知れない。

「……まあ、伯爵は昔ながらの派手好きでもあったしな」

上流貴族が華やかに生きるには、膨大な金がかかる。

この屋敷でかつて行われていたようなパーティーだって、一回で庶民の数年分の生活費がかかるようなものだという。

きらびやかさは、見栄と法外な金銭で出来ている。だからこそ庶民は金持ちに憧れを抱くのだ。

しかし実際にその立場になってみると、貧乏人にはない問題を抱えることになるのかもしれない。

ともあれ、代金を回収できなかったことは痛手ではあるものの、生活を脅かすものではないし、地の果てまで追おうという気はしない。

今後は相手が貴族でも、その経済状況には気を配らないとな、と反省をして、ひとまずその件は保留にするのだった。

●

いつものように森で素材集めを行っていると、少し離れた位置で揉め事の気配があることに気づいた。

逃げているのだろう誰かが、こちらへと向かってくる。俺は道から少し離れた位置にいるから、向こうはこちらに気づいていないようだ。じっと動かなければ、このまま目の前を通り抜けていくかも知れない。

そっちは俺の屋敷や、さらに進めば町へと繋がる道だ。

対応を考えながら観察すると、それはこんな森の中には場違いな、三人の若い女性だった。

見たところ、冒険者のように鍛えている様子はない。

武装もしておらず、ほとんど手ぶらだ。身につけた衣服にも、どことなく品がある。

しかしその後ろからは対象的に、ごろつきのような粗雑な男たちが七人ほど追ってきていた。

こちらは武装しているから重いのだろうが、元の身体能力が違うためか、徐々に三人との距離を詰めている。

この調子でいくと、俺の目の前くらいで追いつかれることになりそうだ。

あらためて追う側、追われる側を見る。

追っているのは山賊か、それに近い乱暴な冒険者だろう。

見たところ、戦闘を生業にする……というほどには、鍛えている様子はない。だが逆に、暴力の匂いは染みついていた。ろくな稼ぎ方をしていないのが、ありありとわかる風体《ふうてい》だ。

そして追われている女性たちは皆、戦闘はおろか、身体を使う環境にさえいないのがわかる。走り方からして、ちゃんとわかっていない様子だ。

ぱっと見ではまだ、追われている側にどのくらい原因があるかはわからない。この状況だからといって、荒くれ者だけが悪人ではない。

しかし、追っている側がろくでもないのは、俺にもはっきりとわかった。

事情がわからない以上、下手に首をつっこなまいという選択も出来ただろうが……。

少なくともこのまま放置すればすぐにでも、目の前で捕まるなり斬られるなりすることがわかった状態でスルーするというのは目覚めが悪い。

俺は茂みから道のほうへと出て、駆け寄ってくる集団へと近づいていった。

元々余裕がなかった女性たちは必死そうだが、荒くれ者たちは俺を見つけても落ち着いていた。

ゆっくりと武器を構え直し、こちらへとすごんでくる。

「おい、死にたくなけりゃ、どいてろ！」

そう言って剣を掲げる。

武器はよくある量産品で、手入れも悪そうだ。やはり、きちんとした冒険者ではない。

もちろん、人を殺すには十分な凶器であり、女性相手に向けていいものではない。

「ちっ、バカが、邪魔なんだよ！」

女性たちと彼らの間に入る形になった俺へと、躊躇なく剣を振るってくる。

「まあ、こっちとしてはそのほうがやりやすいな」

すがすがしいほどの荒くれっぷりに、むしろ楽しくなってくる。

俺は魔力の塊を指先から放ち、剣にぶつけて持ち主ごと後方へと吹っ飛ばした。

それに驚いた男のうちの三人が、女性たちを追うのをやめてこちらへと注意を向ける。

いい判断だ。

残った三人はそのまま女性を追う。俺が間に入ったから少し距離は出来たが、このままでは程なく追いつかれるだろう。

そこで、俺はそちら側へ向けて魔法を放つ。

土の塊が地面から隆起し、追っいた三人が足を取られた。

俺へと斬りかかってくる三人は、魔法で高く飛び上がって躱しておいた。

見下ろすと、剣を振り下ろした三人は大きな隙を見せている。

俺はそのまま風魔法で、上から三人を押さえつける。

先に転んでいた三人も土で周囲を固め、拘束した。

そうして荒くれ者たちを片付けた俺は、逃げていた女性のほうを見る。そちらはもう満身創痍という感じで、ほとんど歩いているのと変わらないくらいの速度だ。

その中のひとりが振り返り、男たちが倒されているのを見ると、足を止めた。

それを見て俺は、彼女たちへと追いつく。

「ありがとうございます」

前に出たひとりが、お礼を言った。あらためて向き合うと、見たことないくらいの美人だ。

整った目鼻立ちに、長い黒髪。今は疲れが見えるものの、それをふまえても十分に美しい。

「どうして追われていたんだ？　よければだけど……近くに俺の家があるから、そこへ向かいながら話そう」

冒険者などと違い、道端で休むという雰囲気ではない彼女たち。

町よりは屋敷のほうが近い。そう説得して、ひとまずそちらに向かいながら、話を聞くことにしたのだった。

「なるほどな。それならちょうどよかった、といえるのかな」

彼女たち――長女だというクレーベルに聞いた話によると、三人は姉妹であり、なんと「魔術師レスト」の屋敷を目指していたという。つまりは、この屋敷だ。

そしてなにより、ニマーチ伯爵の娘であるという。取引相手の伯爵とさえ会ったことがないのに、娘なんて知るはずもない。

そんな彼女たちはどうやら、未払いによる俺の追い込みを恐れて、伯爵自身が送り込んできたということだった。

ずいぶんな話だが、フリーの魔術師というのはヤバイ奴だったとしても当たり前な上、魔法で何をしてくるかわからない相手だと、世間では思われている。

債権者として考えるなら、町の金貸しなどではなく、魔術師に対して最大の注意をはらうというのはわからない話でもないが……。

そこまで俺を恐れているなら、そんなところに愛娘を送るのはどうかと思うな。しかも三人もだ。ともあれすでに没落し、他に財産がない伯爵にできることは少なく、結果として娘を差し出すことなったようだ。

つまり彼女たちは、奴隷のように引き渡されるのを知っていて、それでも俺の元に来たのか……。

それに実際、彼女たちは追われてもいた。

他にも伯爵の財産を差し押さえたい奴らがいるのだろう。道案内の使用人とははぐれてしまったというが、そうなるとそれも怪しい状況だ。もともとその使用人も、連中と取引があったのかもしれない。俺の元にたどり着かなかったことにして、三姉妹を売り払うなり、奴隷としてあつかうなりするつもりだったのだろう。

それを考えると、彼女たちが俺の元に到着できたのは幸運だった。

父親に言われて、奴隷商より魔術師のほうに向かうという選択も、姉妹で決めたことだという。奴隷商人が実は良い人で、没落貴族の令嬢を助ける……なんて話よりは、魔術師がピンチの女の子を助けてくれるおとぎ話のほうが、この国には多いからだろう。

実際にはもちろん、そんな話などほとんどないが。

俺が言うのもなんだが、俺を含め、魔術師というのは変わり者の社会不適合者であり、魔法が最優先だ。わざわざ町の外にある屋敷に住んで引きこもり、人と関わらずにマジックアイテム作りを行っている俺ですら、まともなほうなのだ。

人間を実験台にしたり、戯れに森を消し飛ばしたりしないだけでも、良心的な部類である。

そんな俺だって、体面を気にするなら幽霊屋敷になど住んでいない。そもそも社会性なんてものに関心があれば、普通に町の中で暮らしている。

面倒だからという理由だけで町を離れている時点で、危機に陥った令嬢を助けるような優しい魔術師などでは決してないだろう。

しかし、いざその状況になると悩ましい。

三人は向かいのソファで、俺のほうをじっと見ている。

クレーベルは期待のまなざしで、次女だというシャフランはまだ自分が借金のカタとして送り出されたことを受け入れられていない様子で、三女だというアリェーフは不安げ見つめてきている。

三人の反応はバラバラだが、それぞれの感情自体は理解できる。

そんな三人を前に、俺は彼女たちをどうするかについて考える。

一番簡単なのは、伯爵に変わって、俺が彼女たちを奴隷として売り払うというものだ。

彼女たちは没落したとはいえ、とても美しい貴族令嬢たち。

伯爵があちこちに重ねまくった借金は、きっと桁違いなのだろう。

彼女たちならきっと、並の人間よりは遥かに高い金額で取引される。俺への支払い程度なら、十分に回収できるに違いない。

伯爵としても、思惑どおり俺への負債がなくなるし、自分の手を汚さないことで、多少は良心の呵責も減るのかもしれない。貴族様の考えは分からないがな……。

まあ、奴隷として売られた彼女たちの将来を思うと、微妙な感じではある。

元ご令嬢の高価な奴隷……。さすがによほどの不運でもない限り、使い潰すような使われ方はしないだろう。ほぼ間違いなく、金持ちたちの最上級の愛玩奴隷となる。

ただその扱いについては、買い主次第なのでなんとも言えない。

美しさに惚れ込んだ者が妻のように扱うとなれば、ここから彼女たちが望める中では、最上のものとなるだろう。そう言えるほどに、三姉妹は美人だった。

生活レベルでいっても、傾いていた伯爵家の頃よりも上がる可能性さえある。

それが確実なのなら、俺も迷うことはないのだが……。

逆に、階級コンプレックスをこじらせたような人間に買われれば、元が高貴な生まれであるほど、あえてひどい扱いを受けるということも十分に考えられるわけで……。

そうなると、俺もかなり後ろめたい。

世間のことを何もわからないだろう彼女たちを、ただ放り出すのは精神衛生上よくない。

俺も魔術師であり、魔術を極めることが第一だ。

そんな魔術師に対して一般人が言う厳しい評価を、否定できるような人間ではない。

自分が追求すべき魔術と天秤にかけるなら、ほとんどの事は切り捨てる覚悟で生きている。

だが、魔術と関わりがないところでまでを、常に合理的かどうかだけで判断できるほどには、覚悟が決まっていないのかもしれないな。

たとえそれが気まぐれであっても、たまには良いことをしたほうが気分がいい。そう思える程度には、魔術師としては緩いほうだったようだ。

伯爵についても、とくに恨んではいなかったしな。

「そうだな……君たちの今後だが俺としては――」

まずは世間を少し教えねばなるまい。俺は彼女たちに、奴隷として売られた場合、たとえばこういうケースが……というようなことをいくつか説明した。

脅すわけではないが、判断材料にはなるだろう。

「けっこうな博打だな。確かに知らない人間に買われることになるが、大切にされて良い暮らしが出来るかもしれないし、大変な目に遭うかもしれない。それは俺にはなんとも言えないな」

そして最後の選択としては、このまま俺の元で働くか……だ。

しかし、伝えるかどうかはけっこう迷った。

その場合、ひどい人間に買われるよりはマシだろうと思うが、貴族に妻として買われるような暮らしはさせられない。なんといっても、彼女たちはそちら側の人間だ。

俺は意図的に彼女たちを苦しめるつもりはないが、お姫様のように大切にするつもりもない。

基本的には一部の魔術師が得意とする、ゴーレムのような使い魔と大差ないような扱いをすることになるだろう。それが良いのか悪いのか……。

しばらく考えたあとで、俺はやはり、その選択も提示してみた。

「あの……」

そこで、クレーベルが俺に問いかける。

「奴隷商人に引き取られる場合、その先は、必ずしも三人一緒に売られるわけではないのですよね」

「ああ、そうだな。一緒だという可能性ももちろんあるが、そうじゃないこともある」

君たちは高いからな……とは言えないが、そんな感じだろう。

「レストさんならば、わたしたち三人を、一緒に雇ってくれるんですよね？」

「どちらかといえば、俺のところでも扱いは奴隷並みだぞ。だが、仕事中はバラバラだろうが、三人一緒にこの屋敷で暮らしてもらうことはできるな」

長女のクレーベルが最も気にしているのは、姉妹のことのようだな。優しいお姉さんだな。

責任感もありそうだ。それならば、もっと条件の出してあげてもいい。

「もし……ひとりがまったく仕事が出来ず、足を引っ張るようであっても、残りふたりが頑張って三人分の仕事が出来る限りは、そろってこの屋敷に置いてもいい。他には売らないよ」

俺がそう言うと、妹たちと顔を見合わせたうえでクレーベルがうなずいた。

「レストさんにお仕えしたいです」

まあ……この流れならそうなるか。仕方あるまい。

俺としては、もちろん賭けではあるが、奴隷商人の元へ行ったほうがやや分はあるかな、とも思っていた。この美しい姉妹を傷つける買い手は少ない気がする。

彼女たちが奴隷商人を選ぶなら、結果がどうあれ自分たちの選択としては、そのまま尊重するつもりだったが……。

彼女たちにとっては、姉妹で一緒にいることが、一番大切だということらしい。

それならば、俺の元にいるほうが引き離されるリスクは少ない。

「では三人とも、それでいいのか？」

俺が尋ねると、妹ふたりもうなずいている。

そういうことなら、ここで働いてもらうことにしよう。

俺としても、いろいろ面倒だから放置してはいたものの、身の回りの世話をしてくれる人間がいるならけっこう便利だ。奴隷扱いでよいなら、人付き合いというほど気付かれもしないだろう。

そんなわけで、突然転がり込んできた元令嬢の三姉妹は、俺の屋敷でメイドとして働くことになったのだった。

●

翌日、まずは生活スペースを確保するためにも、掃除をしてもらうことにした。

もちろん屋敷中をいきなり、令嬢三人だけで大掃除するなどというのは無茶なので、彼女たち自身の部屋になる場所と、その周辺や廊下などに絞って指示する。

俺は室内の端っこの位置に座り込み、マジックアイテムの製作を行いつつ、その光景を視界の端に入れていた。

彼女たちはさっそく、箒《ほうき》やモップをもって、廊下の掃除を始める。

そして今日からは、彼女たちが俺のメイドとなった証として、衣装を着替えてもらっている。

昨日もさすがにドレスではなかったが、お嬢様らしい格好だった。今はそれが、やや露出度の高いメイド服になっている。俺の趣味ではなく、この屋敷にもともとあったものだから仕方ない。

それを急いで洗濯し、なんとか間に合わせたのだ。

この広い屋敷でまともに使われていたのは、俺の自室とアイテム製作用の小部屋、そして本格的な研究と製作のための地下室ぐらいだ。あとは食堂と、キッチン程度だろうか。

いくつもある個室やパーティーホールは、購入したときからそのままになっている。

さすがにホコリがつもって……というほどではないのだが、掃除すればいくらでもゴミは出てくるだろう。

　自分たち用のスペースを掃除してもらうのがメイドの仕事かというと怪しいが、最初だし、おそらくは家事自体が初めてだろうから、こんなものだろう。

　過度な清潔さを求めている訳ではないし、彼女たち自身が満足して使えればそれでいい。

　それにその掃除の具合で、彼女たちの仕事への態度も見られるだろう。

　そのくらいの軽い気持ちで時折、彼女たちのほうへ意識を向けつつも、手元ではマジックアイテムを作っていくのだった。

　マジックアイテムには、貴族からの特注品になるような高価なものから、冒険者や普通の人々にも使われる便利アイテムまで、いろいろとある。

　注ぎ込む魔力の関係上、ひとりの魔術師が一日に作れる量には限りがある。だが、汎用品程度なら構造としては簡単だ。片手間でも、いまさら失敗したりはしない。

　彼女たちのほうに意識を向けたままでも、身体が覚えている魔力量を適切に注いで製作していくことができる。

「それじゃ、さっそくやっていきましょうか！」

　そう言って、長女のクレーベルが箒で廊下を掃いていく。

　それに続いて、三女のアリエーフも別の位置を掃き始めていた。

「こういうの、やったことないのよね」

　そう言いながらも、箒を動かしていく次女のシャフラン。

三人がバラバラに、それぞれ掃き掃除を行っていく。

まばらに掃いていくことになるので、あまりいい掃除方法とは言えない気がしたが、いちいち口を出すのもよくないだろうから、まずは任せてみるのがいいだろう。

そう思いながら、俺は自分の仕事を進めていった。

「ばばばばばっ！」

クレーベルが元気よく、素早く動きながら箒を使っていく。

やる気十分みたいだな。ご令嬢としては意外なほどの快活さを持っているのかもしれない。

「ちょっとお姉ちゃん、くしゅんっ！」

クレーベルが勢いよく掃いたことで、埃《ほこり》が舞ったのか、近くにいたシャフランがくしゃみをした。

「でもどうせなら、そうやって一気にやっちゃったほうが早いかもね。くしゅんっ……！」

埃にやられながらも、割り切ったのかシャフランも勢いよく箒を動かして、廊下の掃除を進めていく。

「どんどんやっちゃいましょー」

クレーベルが勢いづいていく。掃除というより、遊んでいるかのようなテンションだ。

「ちゃんと袋にまとめておかないと……」

アリエーフが端のほうで着実に掃除をしている中、姉ふたりはわちゃわちゃと掃除を行っていく。

まあ、しばらく使っていないから、埃も多いだろう。

まずは大雑把に片付ける、というのもありだとは思う。

最終的に綺麗になっていれば、やり方は気にしない。そもそも、最初から完璧になんて望みようもないことだ。人のことは言えないが、相手は家事の素人なのだから。

俺はアイテム製作のほうに意識を戻し、黙々と仕事を続けていった。

そうしている内にも、大まかな埃は取り除き終えたのか、次はモップがけに移ったようだ。

「いきますよー」

そう言って、クレーベルが廊下にモップをかけていく。

「あたしも、えいっ！」

それに続くように、シャフランが一列横を磨いていった。思ったよりずっと仲良しな姉妹だな。

遊んでいるみたいにも見えるし、とてもメイドの掃除風景とは思えないが、使用人となった悲壮感にあふれているよりはこのくらいのほうが、俺としても気が楽だ。

「ひゃうっ！」

「あ、シャフランちゃん」

調子に乗って駆け足で掃除していたシャフランが、止まりきれずに壁にぶつかっていた。

ぶつかって尻餅をついた彼女の元に、姉妹が近寄っていく。

なんだか小さな子供みたいだな、と思いながらその光景を眺めた。

まともな掃除風景ではないが、そんな賑やかな彼女たちの様子を眺めつつ、俺はどこか和んだ気分になりながら、アイテム製作を続けていくのだった。

●

そうして結構な時間をかけてだが、一応の掃除を終えた彼女たち。

途中で結構、やり方自体が分からずに悩んだりもしていたようだが、ひとまずは、私室として使うのに支障がないくらいには掃除がされている。まずは及第点、といったところだろう。

メイドとしてはともかく、初めて自分たちで掃除をしたという点で見れば、頑張ったなという印象だ。

まあ、そんな風に言えるほど、俺自身が掃除を得意としている訳でもないしな。

「慣れないことし過ぎて、もう筋肉痛がきてる気がする……」

そう言いながら手足をさするシャフラン。

掃除はちゃんとやるとなると、意外と体力を使うしな。

特にこれまでは、何でもかんでも使用人任せな令嬢だったというなら、それも無理はない。

「ともあれ、自分の部屋は確保できただろうし、ゆっくり休んでくれ」

「はい、ありがとうございますっ」

クレーベルが代表として、元気よく答える。

「明日からは徐々に、生活に必要な仕事を覚えてもらうつもりだ」

メイドとしての仕事は、基本的には実際にやりながら覚えるしかない。

貴族家であれば、メイドとしての技術や教養に対する教本などもあるのかもしれない。

彼女たちは貴族令嬢であり、それなりの教養はもともとあるだろうから、そういった知識や技術を学ぶことも問題なく出来るだろう。もちろん、俺の家にそんな本はないから、できる範囲でだが。

あとで、この屋敷の書物庫なども見てみようか。パーティーなども頻繁だったとすれば、なにかしらは残っているかもしれないな。

それ以外だと、とにかくまずは俺の生活をサポートだ。

「俺が頼みたいのは、町での買い物……かな。でも貴族のお嬢様だと、自分で店に出向いて、その場で現金払いなんてことは、したことないだろうしなぁ」

特にニマーチ伯爵は、古いタイプの貴族だった。格式にこだわる。

おそらく、そういった庶民的な行いとは無縁だっただろうし、娘にもさせていないだろう。

「そうですね。恥ずかしながら経験がないです……」

「基本的には家に来る御用商人が、欲しいものも、してほしいことも、全部済ませてくれたしね」

申し訳なさそうなクレーベルと、なぜか胸をはって答えるシャフラン。

次女のほうはまだ、意識が貴族のままなのかもしれない。

それも突然のことだろうし、そうすぐに切り替えられるものでもないか。そんなことより俺としては、胸をはることで揺れながら強調されるおっぱいにこそ意識が向いてしまった。

基本的に引きこもりであり、男ひとりで暮らしていたのだ。

美女が露出高めの服で側にいるというのは、ムラムラしてしまうな……。

これまで眠っていた欲望が、お嬢様特有の無防備さで刺激され、目覚めていくのを感じる。

それが眼福なのか目の毒なのかは悩ましいところだが、女の子がいる華やかな生活というのも悪くないな、などと感じるのだった。

新しい生活に必要な物を買うため、俺たちはそろって町へ出ることにした。

男女四人でぞろぞろと出かけるというのは、俺にとってもかなり新鮮だ。

町へ買い物に出たことがないという彼女たちは、なおさらだろう。

「町までは少し歩くことになる。必要なら馬車の導入を考えてもいいが、いずれにせよしばらくは徒歩になるぞ」

「はい。それにレストさんのところへ来たときよりは、ずっと近いんですよね」

「ああ、あのときもずっと徒歩だったのか。俺の屋敷から町までは一本道で、普段もそれなりに様子を見てはいるから、危険はほとんどないと思う。安心していいぞ」

モンスターは出ないし、野盗も町側には出没しない。先日の暴漢がどこの連中かは知らないが、すでに役人に引き渡し済みだ。おそらくは余所者だろう。

元は金持ちがパーティーを頻繁に開くような場所だったから、距離的には、町へのアクセス自体は悪くないのだ。いざパーティーをするとなれば、食材の仕入れなんかもあるしな。

今では屋敷へのそういった出入りはほとんどなくなっているが、それでも一度きちんと整えられている場所は通りやすく、この街道は行商人も使っている。今後も変わらずあり続けるだろう。

そんなことも確認し合いながら町へと向かっていく。しばらく歩くと、姉妹に疲れが見え始めた。

籠もりがちとはいえ、材料集めに森へ入ることも多い俺にとってはたいした距離ではないが、やはり元令嬢である彼女たちにとっては遠く感じられるようだった。

「少しって言ったけど……もう結構歩いたわよね……」

やや疲れた様子で、シャフランが呟く。

「そこについてはもう、慣れてもらうしかないだろうな」

そう言った俺だが、一応は尋ねてみる。

「もし馬車を買うとなっても、もちろん自分で扱った経験はないよな？　乗馬とかも」

俺の言葉に、クレーベルがうなずいた。

「はい、自分で御者をするのは……。馬だけだとなおさら、まともに乗ったことさえありません」

「まあ、お嬢様ならそうだよな」

辺境でならそうでもないらしいが、基本的には王都に近い地域ほど、野外を馬で駆けるような行動は、女性は慎むべしという空気があるようだ。

そしてニマーチ伯爵は、そういった伝統を重んじるタイプだ。

だから、彼女たちはお茶会やパーティーにお呼ばれするようなとき以外、外出自体をあまりしなかったという。

そうこうしているうちに、なんとか到着した。この町は地方によくある程度といった感じだが、小さな村とは違い、必要なものはそれなりにそろっている。

もちろん、王都のように流行物や娯楽にあふれているわけではないが、暮らしていくにはこれで十分だと思う。

ただ、それは俺があまり流行に興味がないからであり、お嬢様たちからしたらどうだろうか……と思って目を向けると、彼女たちは町の様子に驚いているようだった。

なるほど。外へ出る機会自体がないとなれば、都会でなくと、並ぶ商店やたくさんの人通りは、十分に迫力のあるものだったようだ。

「すごいですね……いろんな物があって……」

「たくさんの人が歩いているのも、なんだか落ち着かない感じ……」

「それぞれが自由に動いているのも、不思議ですね」

三人は町を見て感想を言うと、あちこちに目を向けていた。

大通りには、多くの人々が行き交っている。

そもそも、同じ貴族でも使用人でもない人たちは、ご令嬢には縁遠い存在なのだろう。

俺の元へ向かう道中でだって目にする機会はあっただろうが、あのときは切迫していた。

移動という目的がいちばんであり、伯爵の行方を追う者たちからも逃げる必要があるとなれば、のんびりと周囲を見る余裕はない。

町のあちこちへと楽しげに目を向ける彼女たちを、少し微笑ましい気分で眺めた。

時間に追われている訳ではないし、少しくらいはのんびりするのもいいだろう。

そうして彼女たちが落ち着くのを待ってから、俺は声をかけた。

「まずは、必要なものを順番に買っていこう」

俺たちは、いくつかの店を回ることにする。

必要そうなのは、女性向けの服や小物。もちろん食料と、できればメイド仕事のためになりそうな本などだろうか。あまり多くなるようなら、帰りは馬車を捕まえてもいい。

メイドとして暮らすにあたっても、普段着る服は用意しておくのがいい。

メイド服は制服みたいなものなので、基本的には同じ服を何着も買うことになるだろう。

ゆくゆくはそれ以外にもいろいろとあったほうがいいだろうが、ひとまずはメイド服と部屋着だろうな。

俺たちは、この町の中でも大きな服屋へと向かう。

店内にはそれなりの種類の衣服が並んでいた。これならよさそうだ。

お目当てであるメイド服はもちろん、ちょっとしたドレスまである。

もう少し気軽な服ももちろん多く、手広く取り扱っているようだ。

とはいえ、完全な庶民向けの普段着ではなく、どれも少し高価な品だった。

「デザインについては三人に任せるよ。三人で少しずつ変えてもらって、すぐに見分けがつくとありがたいが」

「わかりました」

彼女たちがメイド服を選ぶのを、少し離れた位置で眺めていた。

俺自身の服は特に必要ないし、女性の側でまじまじと眺めるものでもないだろう。

お嬢様たちが服を選んでいる姿は、可愛らしく平和だった。

家が傾き、俺の所へ行けと言った伯爵本人が失踪してしまってからは……気を抜くことは出来なかったのだろう。やっと日常が戻ったわけだ。

俺はその緩んだ姿を、ぼんやりと眺める。

服を選ぶのを急がせる必要はないが、その間ずっと俺がここにいても、することがないな。

先にマジックアイテム製作の道具を買い足しに行くのが効率的なのだろうが、さすがに初めての町で彼女たちだけにするのもな……。

まあ、別に忙しいわけでもないし、ぼんやりとしているのもいいだろう。

「姉様、こちらはどうですか？」

「わっ、かなりいいね」

「メイド服っていっても、いろいろあるのね」

「それに、デザインも華やかなものが多いですね」

そんな風に話しながら服を選ぶ彼女たち。女の子たちが華やかに話す姿というのは、まぶしいなと思う。そうして服を選んだ彼女たちは、店の奥で採寸を始めたようだ。

店員による採寸を終えると、あとで引き取るための手続きをしてから、俺たちは別の店へと向かう。どうやら寸法合わせ自体は、すぐにできるらしい。

「それなら先に、食事にするか」

後ろについてくる彼女たちに声をかける。

俺が案内したのは当然、貴族向きの店などではなく、町にある普通の料理屋だ。

ドアを開けると「いらっしゃいませー」と声はかかるものの、それ以上の案内はない。

俺は空いている席を目指して進んでいく。

彼女たちは少し不思議そうにしながら、それについてきていた。

すべてエスコートしてくれる高級店とは違うから、そのあたりにとまどっているのだろう。

とはいえ今後は使うとしてもこういった大衆店なので、慣れるしかない。

「そういえば、同じテーブルに着いてもいいのですか？」

少し不安そうにそう聞いてくるクレーベルに、俺はうなずいた。

「ああ。俺は貴族じゃないしな。立場がメイドでも気にせず、同じように食事をしていい。むしろ、横にただ立っていられるほうが食べにくいからな」

「わかりました」

クレーベルは俺の言葉にうなずき、妹たちもクレーベルにならっている。

こうして常に代表して話を切り出してくるあたりも、お姉さんなのだなと思う。

俺たちはさっそく料理を注文する。

パンにシチュー、メインが鶏肉というシンプルなメニューだったが、彼女たちには新鮮なようだ。

「こうして落ち着いて食事が出来るのも、なんだか安心します……」

「そうか」

伯爵が逃げ出してから、彼女たちもこちらへ来るまでは苦労したのだろう。

しかし、これからは俺の元で暮らすことになる。

少なくとも、伯爵の居場所を知るために追われるようなことはなくなる。

そんな安心感と食事の温かさは、彼女のたちの心をほぐしているようだった。

そうして食事を終えた俺たちは、次ぎに書店へと向かった。

本は貴重品というほどではないが、それなりに高価だ。

そもそも、庶民には文字をまともに読めない人も多いしな。

俺たち魔術師は本に触れる機会も多く、身近なものであるため、そこにお金をかけることに抵抗はない。ましてや貴族であったなら、娯楽や教養のために普通に接するものだろう。

そのため、彼女たちも本を読むことには慣れているという。

今の屋敷には先輩メイドがおらず、本から学ぶしかない。

俺もメイドの仕事については詳しくないため、店主に相談しながら本を集めてもらうことにした。

そしてそれを信じて、すべて購入する。

「レストさん、わたしたちが」

「ああ、そうか……」

購入した本を受け取ろうとしたところで、クレーベルたちが前に出る。

普段はひとりだから当然自分で持つし、女の子に荷物を持たせるというのもなんだか落ち着かない部分はあるが、メイドであることを考えれば、そちらのほうが当然なのだ。

俺は彼女たちに本を任せることにした。

彼女たちは三人で分担し、何冊もの本を持つ。

「重いだろうし、とりあえず今日はこのくらいにしておくか」

町には、いつでも来られるしな。そろそろ出来ているだろうから、さっきの店に戻ろう。

「はいっ。戻ったらさっそく、お勉強をしますね」

「ああ、ぜひそうしてくれ」

仕上がったメイド服も受け取り、俺たちは充実した気分で、屋敷へと戻っていくのだった。

●

買い物と食事を終えて帰宅すると、彼女たちは勉強すると言って部屋に入っていった。

まだ時間は早い。俺もちょっとした仕事を片付けることにした。

そうして夜になり、部屋で休んでいるとドアがノックされる。

「どうぞ」

声をかけると、入ってきたのは長女であるクレーベルだった。

少し緊張気味な様子の彼女が気になる。それに、さっそく新しい服に着替えてきたようだ。

「なにかあったのか？」

「……いえ」

そう尋ねると、彼女は小さく首を横に振った。

まだ慣れない屋敷でのことだ。なにか問題や足りないものがあったのかと思ったが、そうではないらしい。それならと俺は部屋に招き入れ、落ち着いて話を聞くことにした。

「レストさん……本当に、ありがとうございました」

そう言って、頭を下げるクレーベル。

綺麗な髪がさらりと揺れた。

「俺は借金の代わりとしただけだよ。むしろこうして売り払われたことに、文句はないのか？　そんなに良い境遇でもないだろう？」

尋ねると、彼女はまた首を横に振った。

「いいえ……それでもです。もちろんいろんなことが変わって、混乱していますが……」

そうして、没落してからのことを思い出したのか、彼女は表情を曇らせる。

「わたしたちがどこかへ売られる結果は、変えようのないことでしたから……」

ニマーチ伯爵が借金を重ね、姿を消すことになった以上は、残された美しい令嬢たちがそのまま暮らせるということはない。

「売られるのもそうですが、それ以上にバラバラになってしまうのが怖かったのです」

家族がおらず、ひとり暮らしの長い俺にはそこまでの思いはない。しかし、苦難にある家族だからこそ絆《きずな》も強いのだろう。

「奴隷商人に売られてしまえば、どうなるかわかりませんから……わたしたち三人をまとめて引きとってくださったレストさんには、感謝してもしきれません」

奴隷扱いのメイドで感謝されるというのも、不思議な感じがするが……。

没落した貴族の行く末としては、マシなほうだったということだろう。

「その分、これからも頑張って、お返ししていきたいと思います」

まっすぐにそう言われると、なんだかくすぐったくなってしまう。

「そ、それで、さっそくなのですが……！」

「お、おう」

ずいっと身を乗り出してくるクレーベル。

開いた胸元から谷間が強調されるようにのぞき、思わず視線が動いてしまう。

気になってはいたが、新しいメイド服は前のものよりも、さらに露出度が高いようだ。

三姉妹はみんな胸が大きいが、その中でもクレーベルはとくに目立つ。姉妹で話してこの服を選んだとなると、いろいろと思惑もありそうだな……。

「メイドの重要なお仕事として、本で覚えてきたご奉仕をしたいと思うのです」

「そ、そうか……」

胸元に注意を取られながら、なんとなく返事をする。ご奉仕……という部分が気になるが、思考がまとまらない。独り身の俺にとっては刺激的すぎる状況だった。

「まだ慣れないことなので、何かあったらおっしゃってくださいね」

そう言って、彼女が立ち上がる。

目の前でぐいっと上がった胸が、柔らかそうに揺れる。

「さ、レストさん、ベッドのほうへ」

俺はそのたわわな部分に見とれつつ、放心状態で彼女に従った。

やはりそういうことなのか？

ベッドに向かうと、彼女が俺のほうへと身を寄せる。若い女の子の甘やかな匂いと、ほのかに感じられる体温。そして大きく開いた胸元から覗く谷間……。

「それでは、失礼しますね」

それに見とれる間に、彼女は俺のズボンへと手をかけてきた。

「ク、クレーベル？」

「は、はいっ！」

俺が声をかけると、彼女は驚いたようにして手を止めた。

「えっと……何をするつもりなんだ？」

ここまできてなんだが、確認のために聞く。特に命じたわけではないからな。

すると彼女は、顔を真っ赤にしながら答えた。

「あっ、ま、まずはわたしの胸をつかって、レストさんのお、男の人の部分を、気持ちよくしてさしあげようかと……。その、夜のご奉仕、というのを……メイドの基本として本で読んだので」

「……なるほど」

どうやらだいぶ過激な教本だったようだ。あの書店員め……。

偏っているが、確かにそういった仕事をするメイドもいる。彼女ほどの美女が奴隷として売られたならば、主人から奉仕を求められるのは、ほぼ間違いないだろう。

俺としては、元々そういう意図があったというわけではないのだが……。美女にご奉仕しますと言われて断るほど、出来た人間でもない。

彼女たちを間近に感じたことで、ムラッときていた部分も大いにあるしな。

そんなわけで、俺は彼女のご奉仕を受けることにしたのだった。

「わかった。お願いするよ」

「はい。願いをお聞きいただき、ありがとうございます。それではあらためて……失礼します」

そう言って、俺のズボンを下ろしていくクレーベル。

畏《かしこ》まった清楚な態度。そしてその不慣れな様子が俺の興奮を誘い、彼女の緊張と慎重さが伝わるにつれて、ますます「ご奉仕」への期待が膨らんでいく。

彼女がゆっくりとズボンを下ろした頃には、もう股間は隆起していた。

「んっ、この膨らみが男性の……え、えっと、こちらも脱がせていきますね」

視線を股間の膨らみに向け、顔を赤くしながら、クレーベルが下着を脱がせていった。

「わっ……え……こんなに……」

下着から解き放たれた肉棒が跳ねるように飛び出したので、彼女が驚きの声をあげる。

そしてそのまま、まじまじと肉竿を眺めてくるのだった。

女性が間近で男性器を見つめている光景は、たまらないエロさを醸し出している。

「これがレストさんの……お……えっと……なんですね」

彼女の手が控えめに肉竿を握った。

「わっ、熱くて、硬いです……」

細い指が肉竿をつかみ、軽くにぎにぎと動く。その淡い刺激と、高貴な令嬢がチンポを握っているという状態は、俺にもどかしい快感を与えてくる。なにもかも初めてといった様子だ。

「こ、これをいっぱい触ると、気持ちいいん……ですよね？」

俺がうなずくと、クレーベルは緩やかに手を動かしていった。

細い指の控えめな動きは、それ自体がエロい。

「で、ではわたしの胸で、ご奉仕させていただきますね」

胸元をはだけさせると、そのたわわな爆乳がたゆんっと揺れながら姿を現した。

「おぉ……」

やはり大きい。そのインパクトある双丘に、思わず声を漏らしてしまう。

「あ……な、なんだか、とても恥ずかしいです……」

そう言いながら、胸を隠すように腕をクロスさせるクレーベル。

そうすると爆乳が柔らかそうに形を変えて、上下からむにゅと乳肉があふれ出る。

その光景はかえって淫靡で、俺の興奮を煽っていった。

「あの……み、見過ぎです……いえ、もちろん問題ありませんが……」

恥ずかしげに胸を押さえているクレーベルと、むちむちのおっぱい。

眺めているだけでも刺激的な光景に、俺の視線は釘付けとなった。

「レストさん、んっ……」

恥ずかしげな彼女を眺めて楽しんでいると、意を決したように胸を隠すのをやめ、その爆乳をポロリと零して、あらわにしてきた。

隠された状態も素敵だったが、丸見えになったおっぱいももちろん素晴らしい。

「わ、わたしの胸でレストさんのこれを、んんっ……します！」

彼女は爆乳を手で持ち上げるようにしながら、谷間を開いていく。

そして滾る剛直を、むにゅうっと挟み込んできた。

「うぉ……おお」

柔らかな乳肉が肉竿を包み込む。これは俺にとっても初めての快感だ。

「あふっ、熱いのが、胸を押し返してきてます……」

左右から柔らかな胸が肉竿を圧迫し、気持ちよさを送り込んできていた。

「んっ、しょっ……」

クレーベルはぐっと胸を寄せて、さらに肉竿を挟み込んでいく。

圧力が増し、柔らかな膨らみが形状を変える光景は格別だった。

「あふっ、熱い芯が、おっぱいの間に、んんっ……」

彼女が手を動かすと、円を描くように爆乳が動いていく。

双丘に包み込まれた肉棒が、その円運動で柔らかく刺激されていった。

「うぁ……」

乳肉の快感とエロすぎる光景に高まり、声が漏れる。

「レストさん、ん、気持ちいいですか？」

本来ならありえない、高貴なお嬢様からのパイズリ奉仕だ。

汚れなき爆乳が、俺のチンポを挟んでご奉仕してくれている。最高だ。

「ああ、すごくいいよ」

その破壊力はすさまじく、俺は正直にうなずいた。

彼女は安心したように笑みを浮かべ、爆乳を動かしていく。

「ん、はぁ……ふぅっ……」

艶めかしい吐息を漏らしながら、姉妹一の豊かな豊乳で肉竿を責めてくるクレーベル。

柔肉に包まれる気持ちよさ。美女メイドのパイズリご奉仕というシチュエーションへの興奮で、俺はどんどんと高まっていった。

「あ、先っぽから、お汁が……」

先走りが谷間を濡らすと、彼女は軽く胸を開いてその様子を確認していた。

包まれていた肉竿を、冷たい空気が撫でる。

「もう少し濡れているほうが、動きやすそうですね」

そう言うと、彼女は開いた胸の間からのぞく亀頭へと、少し口を近づける。

「んぁ……」

そしてそこへ、唾液を垂らしていった。

彼女の口元からこぼれる雫が、肉竿を濡らしていく。

「これなら良さそうですね。あらためて、えいっ♪」

クレーベルが再び、その爆乳で肉棒を包み込む。

彼女の唾液もあって濡れており、挟んだときにくちゅりといやらしい水音が鳴った。

「ん、しょっ……」

そして滑りのよくなったそこで、クレーベルがパイズリを再開していく。

柔らかな双球が、満遍なく肉竿を擦り上げていった。

「ふぅっ、ん、はぁっ……！」

彼女は大きく胸を上下に揺らしていく。

肉竿がしごき上げられ、快感を膨らませていった。

「ん、しょっ……レストさん、どうですか？　これなら、んっ、出せ……そうですか？」

男のことを、まだよくは分かっていないようだ。仕方ないだろう。

「ああ、そのまま、うっ……！」

最高の爆乳に包まれ、しごき上げられて、射精が近づいてくるのを感じる。

「んっ、それならもっと、はぁ、ふぅっ……！」

彼女は大胆に胸を使って、肉棒を刺激していった。

「はぁ、ふぅっ、レストさんっ……わたしの胸で、いっぱい、気持ちよくなってくださいっ……！」

むぎゅっ、たぷんっ、ずりゅっ、むにゅんっ！

初めて異性に触れたばかりのおっぱいが、男のチンポを包み込んで、弾むようにしごき上げていく。

「ああ、もう出る……！」

「ん、あっ、胸の中で、すごくっ……おっきくなって……え？　あ、えっと、むぎゅー♥　これでいいんでしょうか？」

その圧迫が、トドメとなった。

どぷっ！　びゅくっ、びゅくんっ！

爆乳おっぱいに包まれながら、俺は昼間から溜まりきっていた欲望を放出する。

「ひゃうっ……！　あっ、すごいです、んっ……お……ちん……ちん、ビクビク跳ねながら、すごい勢いで、んんっ……♥」

勢いよく吹き出した白濁は、谷間から飛び出して彼女の顔と胸を汚していく。

「あふっ……熱くてドロドロな……これがレストさんの精液……♥」

クレーベルは射精を浴びながら、軽く放心状態になっているようだった。

初めてのパイズリご奉仕は初々しいものだったが、とにかく胸のビジュアルが強力だった。

それに、初心《うぶ》なお嬢様が性的に奉仕しているというのも、男心をくすぐる。

自発的にここまでしてくれるなんて……。

俺は射精後の余韻に浸りながら、これは想定していたよりも、ずっと素晴らしい日々が始まったのではないかと感じていたのだった。

第二章　元令嬢メイドとのえっちな生活

三姉妹をメイドとして迎え入れてから、数日が過ぎていた。

一応、一通りの仕事については説明が終わっており、あとは実際に行いながら、その腕を磨いていくことになる。

もちろん、つい先日まで貴族の令嬢として、家事なんてしてこなかった彼女たちだ。

最初から上手くいくはずもなく、これまでひとりで暮らしていた俺よりも、家事のスキルは低いくらいだった。

ただ、拙《つたな》いなりにメイドとしての新生活に慣れようとはしているようで、特にクレーベルは長女として頑張っている様子だった。

元からそこまで器用ではないみたいなのでミスも一番多いのだが、それは、もっとも積極的に挑戦しているということでもあった。

料理をしなければ焦がすこともないし、皿洗いをしなければうっかり手を滑らせて割ることもない。けれど挑戦しなければ成長もしないし、料理もそのうち上手くなる……はずだ。……多分。

何事にも向き不向きはあるだろう。

何にせよ、失敗は多くても頑張っているクレーベルについて、俺は割と高評価だ。食材を無駄にするのはいいことじゃないだろうが、わざとやったわけではないし、皿にしても同じだ。

洗剤を使いすぎて部屋が泡があふれても掃除し直せばいい。本人が軽く指先を切ってしまったのは気をつけてほしいところだが、そういう失敗も、みんなそうやって成長していくのだろう。

クレーベルについてはそんなところだ。現状はてんやわんやだが、頑張っているし成長はするはず。今後に期待、ということで。

三女であるアリェーフは、いろいろとインパクトのある姉ふたりに比べると大人しく、積極性に欠けるような印象がある。しかしある意味では、それもお嬢様らしいのかもしれない。

控えめな性格で、常に姉ふたりの後ろにいる感じではあるものの、けっこう器用みたいだった。

実は最も仕事が出来ているのが、このアリェーフだった。

もちろん、いきなりプロ並みに出来るというような天才ではない。しかし、ゆっくりと着実に進め、大きなミスもなく結果を出している。

素人の出す料理としてはまったく問題なく成立しているのも、急成長だと言える。

お嬢様だった彼女だ。おそらくは、親の手伝いのようなこともなかっただろうからな。

そんなふたりに対して、次女のシャフランだが……。

彼女は、今のところ結果がよくない。

というのも、まだまだお嬢様気分が抜けておらず、状況を受け入れ切れていないようなのだ。

性格も三姉妹の中でいちばん、ニマーチ伯爵の娘らしい、旧来の貴族的な部分がある。

言葉を選ばずに言えば、権力を後ろ盾にした、ちょっとわがままなタイプのお嬢様だ。

ただそれは、彼女が不遜だという意味ではなかった。貴族令嬢として、周囲から望まれた姿なのだろう。貴族には地位に見合った振る舞いも必要なので、それ自体を責めるつもりはない。

けれど、もう彼女は貴族令嬢ではない。もう少しは、成長が必要になるだろう。

今でも俺を呼び捨てにするとか、そういうこと自体は別に構わないし、なんならそういった部分も悪くないと思っている。遠慮のないメイドというのも、堅苦しいのが嫌いな俺としては、むしろ好ましい。

だがそれは、メイドとしての仕事に取り組んだ上でならだ。

最初にも約束したように、クレーベルとアリエーフがこのまま成長していけば、仕事としては十分にうまくいく。三姉妹を売るようなことはしない――つもりだ。

というか、あのときはああ言ったものの、一度受け入れた以上は、彼女たちをバラバラに奴隷として売るようなメンタルの強さは俺にはないだろう。

だから時間をかけてでも、シャフランも今の暮らしを受けれてくれればそれが最もいいのだが、どうだろうな。

俺から強要するつもりはない。しばらくは、見守ることにしようと思っている。

そうして生活が少しは楽に、そして華やかになった俺は、これまで通りにアイテム製作を行う日々を送るのだった。

●

シャフランは、ニマーチ伯爵家の次女として生まれた。

彼女が生まれた頃の伯爵家は、まだまだ経済的にも余裕があったので、いかにも貴族然とした父の元で、高貴な令嬢として育っていった。

長女であるクレーベルは明るくて人当たりがよく、シャフランにとっても良き姉であった。

しかし、好奇心旺盛だったり、使用人たちにも優しすぎたりと、貴族令嬢としての評価については、あまりいいものではなかった。

普段は「元気なお嬢様ですね」というような気遣われた表現にとどまっていたが、裏でははっきりと、「令嬢らしくない長女」だと囁かれていた。

その程度で済んだのは、ニマーチ伯爵の力が強かっただけである。

華やかに暮らす伯爵は昔ながらの貴族たちを惹きつけ、高い地位もあって従わせていた。

伯爵家に集まる人々も、同じような価値観の貴族たちだ。

そんな伯爵や周りの大人たちの元で、姉であるクレーベルへの態度を見ながら育ったシャフランは、彼らにとっての理想の令嬢として教育されていった。

自分が大好きな姉が、社交界ではあまり評価が高くない。そのこともわかっていたため、自身の振る舞いを、より令嬢らしく尖らせていく。

結果として、シャフランは立場に見合った、いかにもなお嬢様になっていった。

悪人ではないため、過度に使用人をいたぶりはしないものの、下の者は当然に下と見て、相応の扱いをする。

貴族にとって、生まれの差は在り方の差そのものだ。労働と金銭での対等な契約ではない。生まれながらにして、上下がある関係だ。

高貴な血を持つ人間には、相応の振る舞いが求められる。そう教えられた。

そうして育ったシャフランは、使用人から歓迎されるような性格ではなかったが、困った主人というわけでもなかった。

貴族というのはそういうものだろう、という程度のわがままさだ。

そうして育っていったシャフランの生活が大きく変わったのは、ニマーチ領内の経営が傾き始め、それが取り返しのつかない段になってからだった。

ニマーチ伯爵は財政が傾いたからといって、方向転換をするようなタイプではなかった。

破産の直前までは周囲にも余裕を見せ、それまで通りに贅を尽くし、あるいは存在感のアピールのためだけに羽振りがいいような振りをして過ごした。

シャフランはシャフランで、領地の財政のことなど知るよしもなかった。

だから伯爵家の没落は寝耳に水であり、誰ともしれぬ魔術師の元へ行くように言われたときも、それを受け入れるような心構えはまるで出来ていなかった。

意外なほどに判断が早かった姉を信じて、迷う暇もなくついて来ただけだ。

今になって思うことではあるが、もしもクレーベルがおらず、シャフランとアリェーフだけであれば、もっとひどいことになっていただろう。

屋敷から逃げることすら出来ず、そのまま取り立て人に捕まっていたに違いない。

その場合どうなっていたか……。

世間を知らぬシャフランには、想像もできないような状況に陥っていたことだろう。

そうして逃げてきたシャフランたちだが、レストに貰われることでこうして、姉妹が離れずに暮らすことが出来ている。

そのことについては、もちろんシャフランも感謝しているのだが……。

(どうも、割り切れないのよね)

これまでは、地位の高い貴族令嬢として過ごしてきたシャフランだ。

状況が変わったことを頭では理解していても、使用人の仕事だと思っていた料理や掃除に対して、真剣に臨めるかというと、まだ受け入れがたいものがあった。

暮らしに安心感があるが故の、慢心なのだろうか？

あのままどこかに、もっと酷い形で売られていれば、強制的にでも労働を受け入れていたのだろうか？

(でもそれはそれで、きっと、ちゃんとは出来なかったでしょうね)

わがままなお嬢様だというのも、シャフランの素ではある。だが、自分をまるで省みられないというわけではない。だからこそ、心に葛藤があった。

頭では考えられても。感情のコントロールが下手なのだろう。

理解しているのに、切り替えられない。

自分が愚かだということは、姉や妹を見ればわかっている。彼女たちが正しいと思う。

それでもシャフランの自己分析として、自分がメイドとしての立場を全面的に受け入れるまでには、もう少しかかりそうだった。

周囲に守られる令嬢ではなくなった今、適応の遅さが命取りになりかねない。

そのことも理解はしていた。最悪の場合、姉妹にも迷惑をかける。

こうなれば、持てる手札の中で、できる限りのことをするしかない。

自分でもできそうなことを。

メイドとして迎え入れられた自分が、今すぐに価値を示せること……。

シャフランは、メイドとしての仕事が書かれた本へと目を向ける。姉から勧められたページに印がある。

メイドとしての業務全般について書かれた項目の最後のほうに、ある特化した説明があった。

重要事項として……だ。

炊事、洗濯、掃除、そして……問題はこのページだった。

シャフランは、本を手に取った。

(決して、借金は少なくなかったはず。それでも奴隷として売らずに、そろって受け入れてくれたことに感謝はしてるのよ……。こんなにも穏やかに暮らせるなんて……思わなかった)

森でも、襲われていたところを助けてくれた。三姉妹を一緒に引き取ってくれた——レスト。

使用人という立場は、まだ受け入れられていないけれど、レストに関していえば悪い印象というのはない。

むしろ、助けてくれたことを差し引いても、とても運がよかった出会いだと思うほどだ。

例えば彼が、令嬢である自分の婚約者として連れてこられた貴族だったとしたら——。

それもなかなか、悪くない想像に思えた。だからシャフランは、決意することにした。

●

夜になり、俺が部屋でくつろいでいると、シャフランが部屋を訪れてきた。

「部屋に来るなんて、珍しいな」

常に積極的なクレーベルとは接点が多い。

控えめながらも、どうやら魔法について興味があるらしいアリェーフとも、なにげに会話する機会が増えていた。しかし、シャフランとふたりきりというのはとても珍しい。

「そのとおりね」

彼女は小さくうなずく。

メイド服に身を包んではいるものの、彼女からはまだ、従順さなどは微塵も感じられない。

身に纏う雰囲気は、凛とした貴族令嬢のものだった。

むしろ、内心ではいろいろ思っているのに、表面だけきっちり取り繕うような相手よりも、安心できるといえた。

だが、メイドとしての仕事には、まだまだ取り組めていない。

そんな彼女が部屋を訪れてきたのは、結構意外だ。

俺と話すだけでも、今の断ち位置がはっきりと出てしまう。

使用人だという立場を突きつけられ、プライドが傷つくだろう。

そんな彼女が、ちらちらとこちらを見ながら黙って立っていた。

言葉を選んでいるようなので、俺は大人しく待つことにする。

「レストは……」

彼女が口を開いたので、無言で続きを促した。

「あたしたちを、助けてくれたでしょ？」

元をたどれば、借金の代わりに押しつけられただけだ。

そのままメイドにしただけなので、助けた、というのとは少し違うと思っている。

それでも、三人一緒がいいという彼女たちの望みを叶えたことになるらしい。

奴隷商人に売らなかったことを、助けた、と解釈してくれている。

俺としては、それを恩として活用しようとは思わないが。

「だから……あたし……まだちゃんと出来てないけど……。それがわかってても、すぐにはなおせそうもないけど……」

そう言って迷いを見せる彼女に、それでも、俺は心から安心した。

伯爵令嬢から、奴隷メイドに。

たしかに、すぐに受け入れられる話じゃない。

令嬢として振る舞い、きっと伯爵家のメイドたちを、良くも悪くも下働きのように思っていただろう彼女だ。今の彼女が、それを受け入れられないのは理解できる。

けれど変わる意思があるというのなら、徐々にではあるだろうが、彼女もちゃんとしていけるだろう。

シャフランの真剣な顔を見て、俺はそう信じられた。

「料理も掃除も出来ないし、正直、ふたりほど頑張れる気もしないけど……」

そう言った彼女は、それでもまっすぐにこちらを見つめる。

その顔がどんどん赤くなっていく。彼女は、なんとか言葉を続けた。

「でも、み、見た目には自信あるし、あんたも……そう思うでしょ？」

「確かに、シャフランは美人だと思うよ」

黙って座っていれば、ほんとうに華やかな美人という感じなので、男からの評価も高いだろう。

彼女が令嬢のままであったなら、貴族男性からは求婚が後を絶たないだろうな。

そして将来はきっと、美しい貴婦人になったに違いない。

整った顔立ちに、高貴な雰囲気。そして、形の良いおっぱいも素晴らしい。

男ならその見た目だけで、一瞬で惚れてしまうのも無理はない美貌だ。

「そう、よかった」

俺の言葉に、彼女はうなずいた。そしてそのまま、ずいっとこちらへと迫ってくる。

「だったら他のことは出来ないけど……そ、そういう……ご奉仕なら、あたしでも役に立てると思うから……。えっと……大丈夫……よね」

そう言って、不安そうなままで彼女は、俺をベッドへと押していった。

俺は逆らわず、そのままベッドへと上がる。

「あ、あんたは、あたしたちを助けてくれたし……。だからその、そういうことするのも、別にいっていうか……」

顔を赤くしたままキッとこちらをにらむように見ると、ベッド上の俺へと身を寄せ、押し倒してきた。

「あたしが、気持ちよくしてあげる」

そう言って、彼女は俺の服へと手をかけてきた。

そのまま身を任せ、彼女に脱がされていく。クレーベルと似たような流れ。おそらくは、例の教本にこういったパターンがあるのだろう。

まずは上半身を脱がせた彼女が、そのまま俺の身体を軽く撫でてくる。

肌に直接触れる、シャフランの手。主人に尽くすメイドらしい、穏やかな愛撫だった。

女性の小さな手が身体に触れるのは、くすぐったいような心地よさがある。

彼女はその指先で、俺の乳首をいじってきた。

細い指先が乳首を責めてくるのは、なんだか不思議な感じだ。

俺はいったん彼女に任せ、このあとどうするのかを期待する。

長女はまず、自分の最大の魅力である爆乳を使ってきた。

シャフランは真剣な様子で乳首をいじっているが……当然というか、それが性的に気持ちいいかと言われると、そうでもない。

それよりは、乳首いじりに取り組んでいる彼女の、無防備な胸元を眺めているほうが興奮するくらいだ。

そうか……と、俺はひとりで勝手に納得する。

これは彼女自身が、自分の身体で気持ちいいと思う部分を愛撫しているのかもしれない。

おそらくは、シャフランも処女だ。男を知らない。

となれば、自分の少ない性知識からの行動に違いない。

そう思うと、処女に奉仕させるシチュエーションのエロさに欲望が膨らんでいくのを感じた。

「シャフラン」

「なに？」

俺は声をかけると、彼女の胸へと手を伸ばす。

むにゅんっ。

「きゃっ……！」

柔らかな感触と重みが俺の両手に伝わる。

前傾姿勢であるシャフランの、その大きな胸を持ち上げるようにしながら揉んでいった。

「んんっ、ちょっと、あっ……」

マシュマロおっぱいが、俺の指に合わせて形を変えていく。

その感触の気持ちよさに手を動かしていくと、彼女も反応していく。

「あぅっ、そ、それっ……」

メイド服の胸元をはだけさせ、そのたわわな胸を露出させた。

たぷんっと揺れ、あらわになったおっぱいを揉んでいく。

「あっ、やぁっ……レスト、んっ……」

彼女は可愛らしく声を漏らしていく。

普段はちょっと生意気な感じのシャフランが、胸を揉まれて感じている姿。

それは俺の欲望を、素直にくすぐっていくのだった。

「あんっ、んっ……レストがいじったら、メイドのご奉仕じゃなくなって……あっ♥」

彼女の口から艶めかしい声が漏れる。

そんな風に反応されると、ますます敏感な胸をいじりたくなってしまう。

「ああっ、ん、はぁ、あぅっ……♥」

お嬢様の生乳の揉み心地は最高だった。

そうして夢中になっていると、彼女が身体を揺らし始める。

快感から逃れようとしているのか、それとももっとしてほしいと、おねだりしているのか。

どちらにせよ、俺も止まるつもりはない。

さきほどのお返しに、彼女の乳首へと指を動かしていく。

男のものとは違い、ぷっくりと膨らんで、存在感を主張してくる乳首。

俺はそこを指で擦り上げていった。

「ひぃうっ♥」

ぴくんと、身体を反応させるシャフラン。

男の乳首をいじってきたことからも、彼女はここが弱いのだろう。

俺はシャフランの乳首を、指先で転がすように刺激していく。

「あっ、ん、はぁっ……レスト、んぅっ……」

先程彼女がしていた刺激を思い出すようにしながら、指の腹で転がすように擦っていく。

「ああっ！　ん、はぁっ……♥」

シャフランは、気持ちよさそうに声をあげて感じていった。

俺はそのまま、反応を楽しみながら乳首を責めていく。

「んぁ、あ、ああっ……♥　だめぇっ……♥　それ、ん、はぁっ……！」

「シャフランは乳首が弱いんだな。いつも、こうしているのか？」

「あうっ、ん、そんなこと！　はぁ、弱いとかも、んぅっ、そ、そういうものなんでしょ？　ん、ああっ！」

素直な反応に楽しくなってしまう。

そのまま乳首をいじり続けると、彼女はどんどんと感じていくようだった。

「あふっ、ん、はぁっ、あぁっ……もう、ん、はぁ、くぅっ……♥」

乳首責めだけで蕩けていく彼女のエロさに、俺もすっかりと夢中になっている。

「あぁ、ん、はぁ……レスト、いったん、ん、はぁっ、待って、ん、ふぅっ……」

彼女の懇願に、俺は一度指を止めた。

「こ、このままじゃ、あたしだけ気持ちよくなっちゃうっ……」

「こうして触っているのも、俺は楽しいけどな」

そう言うと、彼女は手を下へと動かした。

「でも……ほんとはレストのここにご奉仕するのが……あっ？　これ、硬い……のね」

「うぉ……」

彼女はズボン越しに、肉棒を握ってきた。

やや乱暴に掴んだという感じだったが、力が弱いこともあり、ちょうど心地いい刺激だ。

「わっ、こ、これがレストの……んっ……♥」

彼女はそのまま、肉竿の形を確かめるように手を動かしていく。

「あたしの胸をいじって、こんな風になったんだ……」

「そりゃ、エロいおっぱいを触っていれば、こうもなるさ」

俺がそう言うと、シャフランは身体をずらして、下半身へと向かっていった。

「最後にはここから、気持ちよかった証が出るのよね……」

そう言って、シャフランは俺のズボンを脱がせていく。

そのまま下着まで下ろしてしまうと、飛び出した肉棒を指先で突いた。

「わっ、押しても戻ってくる。すごいのね……」

そして、シャフランは自らの服に手をかけると、俺の目の前で脱いでいった。

「おぉ……」

その光景を見ながら、思わず声を出してしまう。真っ白な裸身は、あまりに官能的だ。

「あ、あんまり見られると恥ずかしいわね……」

そう言いながら、彼女は自分の下着にも手をかけた。

そしてそのまま、下着を下ろしていく。

シャフランの秘められた場所。令嬢のおまんこがいやらしい蜜をこぼしているのがわかる。

乳首責めでそんなに感じていたのだと思うと興奮する。

「し、しっかりご奉仕するから、感じなさいよね……」

そう言うと、彼女は俺に跨がってきた。騎乗位で奉仕してくれるらしい。

俺は仰向けのまま、それを受け入れる。

彼女は俺の肉棒をつかむと、そのまま腰を下ろしながら、自らの濡れた膣口へと導いていく。

くちゅっ……。

亀頭が膣口に触れ合うと、いやらしい水音が響く。

「あふっ、熱い……これを、あたしの中で、んっ……」

シャフランはそのまま、ゆっくりと腰を落としていった。

じゅぶっ、ずりゅっ……。

膣口を押し広げながら、初めての肉棒が処女の秘唇に受け入れられていく。

「あっ……ん、はぁっ……！」

そしてシャフランはぐっと腰を下ろした。亀頭が膜を突き破り、彼女の奥へと迎え入れられる。

「ん、あああっ！」

ずぶっと肉棒が沈みこみ、膣襞《ちつひだ》のキツい歓待を受けた。

熱くうねる膣襞が、肉棒を包み込んでいく。愛液が増し、痛みを和らげていく。

「うぁ……！」

あまりにもキツい。しかしその気持ちよさに、思わず声が出てしまう。

「あっ……ん、くぅっ……入った、のね？　んん、ちゃんと入ってる……あたしの中っ……レストの、あっ、太いおちんちんが、んんっ……！」

初めて男のモノを受け入れた彼女は、少し苦しそうだ。

しかしそれを気遣う余裕がないほどに、膣内は気持ちよく肉竿を締めつけてくる。

「はぁ、んっ……」

彼女はじっと堪え、自分の中に入ってきた異物に慣れようとしている。

俺はそんな彼女を見上げた。

メイドであることを、受け入れきれていないシャフラン。

そんな彼女が、お嬢様の一番大事なものを捧げてくれている。それだけでも、十分だ。

その気持ちを喜ぶのも本心だが、狭い処女穴の締めつけに意識を奪われているのも事実。

男としても、オスとしても。身体を重ねていると余計に愛おしさが湧き上がり、一生懸命な様子の彼女に惹かれていく。

「あふっ、ん、はぁっ……」

しばらくしてシャフランは、ゆっくりと腰を動かし始めた。

ずりゅっ……ずちゅっ……。

不慣れな膣襞が、肉棒を擦っていく。

まだ男を受け入れ慣れていない。そんな穴が、肉竿に押し広げられていくのを感じる。

「あぅっ、ん、はぁ……！」

シャフランが腰を振っていく。俺の快感のために。

その動きは決して洗練されたものではないが、一生懸命さは胸を熱くさせるものがあった。

「んっ、はぁ、あぁっ……」

彼女が腰を上下させる度、膣襞と肉棒がキツく擦れる。

狭さもあってとても気持ちよく、俺はシャフランの腰振りに身を任せていった。

初めてなりに男を気持ちよくさせようとするご奉仕だ。興奮が一気に高められていく。

「ん、はぁ、ふぅっ……」

俺の上で身悶える、裸のシャフラン。

大きな胸が、腰振りに合わせて揺れていく。

見上げるとより迫力を感じられる。それが揺れる姿は、とてもエロかった。

俺はおっぱいのバウンドを見上げて楽しむ。

これぱっかりは、巨乳でなければここまでにならない。

そしてなにより、シャフランの胸はとても形がよくて、乳首も可愛らしいピンクだった。その揺れ動く姿は、とてもエロくて可愛らしい。いつまででも眺めていたい。

「あっ、ん、はぁ、あふっ……」

もちろん、その最中も肉棒は彼女の蜜壺に迎え入れられたままだ。

蠕動する膣襞が肉棒をしごき上げていく気持ちよさと、弾むおっぱいのドスケベな光景に射精欲が増していった。お嬢様からの騎乗位ご奉仕。それは男にとって、最高のご褒美だ。

「んぁ、はぁ、レスト、ん、ふぅっ……」

彼女は腰を振りながら、こちらを見下ろした。

姿勢を前傾にして、ようやくおっぱいの向こうに彼女の顔が見える。

頑張って腰を振って、おまんこでご奉仕をしているその姿は、さらに俺の快感を膨らませた。

「シャフラン、ぐっ……」

「ん、レスト、イキそうなの？」

「ああ……出したい」

俺がうなずくと、彼女は笑みを浮かべた。

「よかった、ん、はぁっ……あたしの身体で、イってくれるのね……ん、ああっ……！　精液……ちゃんと出せるんだ……。あ、ああ！　んっ、出して……いっぱい出してね……お願い……」

シャフランはさらにペースを上げて腰を振っていく。

狭い膣穴が肉棒を咥え込んでしごき上げた。

「あっ、ん、はぁっ……あ、んぁっ……！」

神々しいまでの裸身。汚れのないそのお腹の奥に、俺の欲望を、美女に望まれて放出する。

その最高のシチュエーションが、もうすぐ訪れる。限界まで溜め込んで、どくどくと流し込みたい。処女穴に肉棒をしごき上げられ、精液が駆け上ってくるのを感じた。

「くっ、出るっ……シャフラン！　メイドまんこに……出す！」

どびゅっっ、びゅるるるるるっ！

俺はそのまま、彼女の中で遠慮なく射精する。

「んはぁぁあっ♥　あぁっ、熱いのが、あたしの中に、ん、はぁっ……これ……これが♥」

中出しの精液を生で受け、彼女がガクガクと身体を揺らした。

膣内が肉竿をぎゅっと締めつけながら、精液をさらに絞り取ってくる。

その気持ちよさに逆らわず、俺は余すことなく精を放っていった。

「んぁ……♥　はぁ、んっ……」

射精を終えて、俺はそのままの姿勢で力を抜いていく。

彼女もしばらくは、俺の上で荒い呼吸を整えていた。

「んんっ……ふぅっ……あ……でちゃう……。セックスって……こんなふうになるんだ……♥　あたしの身体、こんなにエッチだったんだね……」

そして確かめるように腰を上げ、肉竿を抜いていった。

凛としたお嬢様でありながら、最高に可愛らしい少女。それもまたシャフランだと確信する。

素敵なご奉仕だった。俺はこれからにも期待しながら、まどろみに落ちていくのだった。

●

彼女たちと過ごすようになり、日々を重ねていく中で。

町の人々からの、俺の屋敷への評価は大きく変化していった。

幽霊屋敷などと呼ばれて、子供たちから恐れられていたものだが、今では誰もそんなことは思っていないようだ。

庭にはまだまだ雑草が茂った部分が目立つものの、屋敷の外周については、それなりに整理された。屋敷全体も掃除され、窓を開けることも多くなっている。

それに、アイテム製作で部屋にこもりっきりだった俺ひとりの頃とは違い、彼女たちが屋敷の中を動き回るから、住人の気配が十分にある。

町から少し離れた場所にある、華やかな屋敷。

そんな過去の姿を、一部とはいえ取り戻しつつあるようだった。

そういった周囲からの評価が俺の生活を変えることはない。だが、そのきっかけとなった彼女たちの存在は、俺の生活を大きく変えている。

メイドとしてはまだまだ修行中といった感じだが、仕事っぷりはだいぶ違ってきた。

やはり実際に、屋敷の掃除や料理などを行ってくれるのは、ありがたいものだった。

俺はアイテムの製作に集中できるし、何より単純にも、綺麗な女性が周りにいるというのは、それだけで心が躍る。

これまでは重要視していなかったが、いわゆる人間的な生活になりつつあるのかもしれない。

人が作ってくれる食事のありがたさ。

誰かがいつも側にいることの温かみ。

そういったものを感じる気がする。

なくても困らなかったのだが、いざそういったものに囲まれると、ぼんやりとした幸福感を抱くのは確かだった。

もちろん、もっと現実的な利点もある。

彼女たちとの暮らしによって、俺はこれまでよりもアイテム製作の効率が上がっていた。

食事や掃除のことを考えなくてすむのは、時間そのものが浮く。

魔法は精神に依存する面が大きく、集中力を欠くと、効率は著しく落ちるものだ。

それが今は絶好調ともいえる状態であって、製作はかなり捗《はかど》っている。

そういった意味でも、彼女たちの存在は大きな助けになっているのだった。

いつものように俺の屋敷を訪れてくれた商人が、目を丸くしていた。

「ずいぶんと……変わりましたね」

「ああ、メイドを雇うとこになってな」

「なるほど……」

幽霊屋敷状態に慣れていた彼は、すっかりと見違えた屋敷をしげしげと眺めていた。

彼自身は、これまでだって十分に好意的だった。

体裁よりも実益を冷静にとれる人間なのだ。しかしそうはいっても、取引相手がまともになることを、嫌だということはないだろう。俺自身だって、手間をかけるほどでなかったというだけで、綺麗になった屋敷のほうが過ごしやすくていいと思っている。

もちろんその点に関しては、美人メイドたちの存在自体がプラスであるという部分もある。

屋敷の綺麗さだけで、彼の評価が上がっているとは言い切れないだろうな。

そこで、これまでとは違って商談にも使えるようになった応接間へと彼を通した。

「すごいですね。もともとお金持ちのお屋敷だというのもありますが……立派なお部屋です。それにこうしてみると、レストさんの商売も、どんどん大きくなっていきそうですね」

「メイド雇ったのは成り行きだけどな。俺自身は、商売の拡大を狙ったものではないんだ」

そんな話をしていると、三女のアリェーフがお茶を淹れて持ってきてくれる。

長女では賑やかすぎるし、次女では威圧的になってしまう。接客となれば、現状では彼女が最も適しているだろう。

メイドとしての振る舞いはまだ板についてはいないものの、落ち着いているし、上品な雰囲気はさすが元令嬢だ。

そうしていつものように取引の話に入る前に、彼が切り出してきた。

「実は今度、自分の店を持つことになりまして」

「そうなのか、それはおめでとう」

商人の働き方は、大きく三つだ。

一つは、大きな商人の下で働く、いわば雇われ人としてのもの。

これは安定もするし、大商人の名前を使えるため、取引もスムーズに行えることが多い。

もちろんその反面、様々な制限もある。大商人の意には逆らえないし、利益についても当然、全部自分のもの……というわけではない。

独立した商人よりは、利益率は下がる。

もう一つは、行商人だろう。

各地を回り商品を売買する行商人は、基本的には個人経営が多い。店舗がなくとも、馬車さえ手にできれば商売が始められるという手軽さがある。

今、どこで、何が売れるかを考える必要はあるものの、うまく商品を売買することで、思いのほか利益を生み出すことも出来るだろとう。

町の商店だけでは得られない、一攫千金を狙える機会もある。夢のある形態ともいえるな。

行商のデメリットは、仕入れにはツテと目利きが必要だし、なによりも町と町を移動することから、道中の危険が大きい。

それがあるからこそ行商人が成立するともいえるし、難しいところだ。

危険を乗り越えて高値で売れることもあるし、移動先で値が崩れていれば大損する。

やりがいもあるだろうが、野盗やモンスターに襲われてしまうというのも、よく聞く話だった。

そう言ったリスクと隣り合わせなので、人を選ぶ業務形態だ。

これまでの彼は、そういった行商に近かったと思う。

そして最後の一つが、自身で店を構える商人。つまり、彼はこのタイプになろうというわけだ。

いつかは自分の店を持つ。それを目指す商人が多いのもわかる。

すべて自分の才覚だけで切り盛りすることになるが、商人としての到達点だろう。

難しいのは、良い場所に店を出すにはかなりの資金が必要になることだな。

「場所はどうする。近くの町なのか？」

尋ねると、彼は首を横に振った。

「いえ、ここからはもっと離れた町です。そこが元々、自分の故郷なんです」

詳しく聞けば、俺も知っている町だった。足を伸ばせない距離ではないが、用もなくわざわざ出かける位置でもない。

「そうか」

これまでのように定期的に会うことはなくなるかもしれない。そう思ったが……。

「それでですが、レストさんの商品は、これからも変わらず仕入れたいんです。うちの商品のなかでもかなり評判いいですし」

「そうか、それは助かるよ」

定期的な取引による収入ももちろんありがたいが、これからも変わらずに訪ねてくれることを嬉しく思う。

「ただ、この辺りで商売をすることはもう、なくなっちゃうんですよね」

「そうだろうな……。そうなると、仕入れる量も変わってくるのか？」

いままでに彼が買い付けてくれたアイテムは、近くの町での需要を見越していた。別の地域では、そういった部分も変わっていくだろう。

「いえ、実は故郷でも似たような需要が大きそうなんです。なので一旦は、これまで通り仕入れさせてもらう感じでいかがでしょうか」

「わかった。それじゃ、そのつもりで用意しておく」

彼の故郷には、馬車でも数日はかかるだろう。これまでは俺の商品が届かなかった地域だ。

すでに彼が下調べはしているだろうが、新規の客を狙っての取引になる。

お互いに思いつく限りは、話しておくべきだろう。

その後は新しい商談についてと、いつも通りあちこちの噂話もしてから彼を見送った。


「自分の店か……」

知り合いが頑張って成功していくのは、こちらまで嬉しくなるものだ。

彼の成功は喜ばしいことだし、仕入れを変わらずに行ってくれるというのも、俺としてはすごく助かる。

それはいいのだが、今後の彼が地元を中心にアイテムを売っていくとなると、近くの町には俺のアイテムがあまり出回らないことになる。

せっかく幽霊屋敷扱いではなくなったのに、何をしているかわからない怪しげな人物に戻ってしまうかもな。俺自身のことはいいとしても、これまでマジックアイテムを買ってくれていた人たちに届かなくなるのは、少し残念でもある。

代わりになる商品がないわけではないし、困るということはないのかもしれないが……。

俺は考えながら、玄関からホールへと戻る。

汚れて見られたものではなかったホールも、彼女たち三人の仕事によって、問題なく人が入ってこられるようになっている。そんな変化を眺めながら、俺も少しは変わってみようかという気になり始めた。

地域が離れるのならば……俺が自分で売ったとしても彼の商売とは競合しないな。

彼女たち三人が家事をしてくれ、これからもメイドとして成長していってくれるならば、時間にはもっと余裕が出てくだろう。

「本格的な店……というほどではなくても……」

販売所みたいな感覚で、周辺の人だけに向けたアイテム販売を行うのもいいかもしれない。

「お客さんは帰ったの？」

「ああ」

思考していると、廊下のほうからシャフランが歩いてきた。

自分は接客にはそぐわないからと言って、来客中には引っ込んでいることが多い。

俺は慣れてきたが、客人たちは違う。主人にまったくかしこまらないメイドが登場すれば、びっくりするだろうからな。

行動自体は変えないのに、そういった判断をしてちゃんと引っ込むあたり、それなりに気にはしているのだろう。そんなシャフランを、俺は可愛く思う。

不器用なのだ。そんな部分を補うために夜はご奉仕をする、なんていうちょっとずれた一生懸命さも含めて愛らしい。

そんなことを考えていると、俺の邪な考えが伝わったのか、彼女がじと目でこちらを見てきた。

「そ、それはそれとして」

俺は強引に話を切り替えることにした。

「ちょっと四人で話そうか。相談があるんだ」

「何かあったの？」

少し不安そうに尋ねてくるシャフラン。

メイドであり、形式的には奴隷である彼女たちにとっては、俺の経済状況は生活に直結する。

商人が帰ったあとの相談となると、金銭のことだと思ったのだろう。

元々、俺が自ら姉妹を購入したわけではない。

彼女たちはまだ、俺がどのくらい資産のある人間なのかは、よくわかっていないと思う。

「ああ、別に悪い話じゃないから安心しろ」

そう言うと、シャフランは緊張を緩めて小さく息を吐いた。気持ちは分かる。またしても破産となれば、今度こそ奴隷商人の登場だからな。しかし、俺の話はその逆だ。

「どっちかというと、これからもっと稼げるかもしれない、という話だ」

「そうなのね。わかった、呼んでくる」

そうして姉妹に集まってもらい、今後について話すことにしたのだった。


応接間で彼女たちに、さきほどの話をした。

主な納品先であった商人が、この地域を離れること。

それによって、この周辺には俺のマジックアイテムが出回らなくなること。

もちろん、俺の顧客は彼だけではない。資金的にも、これまで通りの生活は問題なく送れるのだが、そこからが相談だ。せっかくこの周辺でもアイテムを買ってくれる人たちがいるのだから、これからも提供できるようにしたいことを伝える。

「そこで、だ」

俺は改めて、三姉妹へと目を向ける。

現在はあまり有効活用されていない屋敷のホール部分を、販売所として活用することを考えていると話した。

そうなると、屋敷の管理の問題が増える。店頭となるホールの手入れもさらに必要になるため、彼女たちがメイドとして、もっと成長していってくれることが前提の計画だ。

そのため、今すぐにとはいかないだろう。

いずれにせよまだ、今日明日の話ではない。

「はい、頑張りますっ！」

しかしクレーベルは、ぎゅっと拳を握って、すぐにそう答えてくれた。

「あまり、期待しないでよね」

シャフランはそう言いながらも、前向きな姿勢を見せてくれる。

「私もお力になれるよう、頑張りますね」

ふたりの姉から一拍遅れて、アリェーフが笑みを浮かべた。

「ありがとう。アイテム生産が増える分、俺はそちらにかかりっきりになるが、よろしく頼むな」

そう言って、俺も決断した。開店という目標が定まったことで、スキルアップ目指して全員で頑張っていくことになるのだった。

●

レストと別れた三姉妹は、部屋に集まって話し始めた。

先程レストから聞いた、店のオープンに向けてさらに成長を、という話についてだ。

「お店をするなんて、すごいことです」

「その分、あたしたちが頑張らないといけないけどね」

「それにきっと、誰かは店番をしないといけないんですよね」

「まあ、魔術師であるレストは、接客向きじゃなさそうだしね」

三人は部屋の中で、そんな風に話をしていく。

「そのあたりはレストさん次第な気もするけれど、接客はわたしがしようかしら」

「たしかに、お姉ちゃんが一番向いてそうよね」

「私も、いろんな人とお話しするのは、あまり得意じゃありませんしね」

アリエーフは基本的に礼儀正しく、三姉妹の中では一番メイドらしくもある。

しかし、決まった対応ならばそつなくこなせるが、客商売で融通が利くタイプではなかった。

対してクレーベルは生来の明るさや愛嬌もあって、自然と相手の警戒心を緩めるし、男女ともに気分よく話が出来るタイプだ。

接客には、とても向いているだろう。

シャフランは、根は良い子ではあるものの、その態度が人を選ぶ。

接していけば彼女のそれが悪意でないのはわかるのだが、接客という点ではなかなか難しいところだろう。

それでも、いざ真面目に取り組むようになると、家事についてはどんどんスキルを上げているから、自信は深まってきている。いつかは、接客もできるかもしれない。

「レストさんのおかげで一緒にいられるのだし、少しでもご恩を返せるよう頑張らないとね」

そう言って、ぐっと拳を握るクレーベルに妹たちはうなずいた。

「そういえば、シャフランちゃん、最近変わったよね」

「そう？」

姉の言葉に、彼女は首をかしげた。

「うん。レストさんを見る目が乙女だし♪」

「そ、そんなことっ……！」

顔を赤くするシャフランに、クレーベルはにやにやと迫った。

「もう、可愛らしい反応しちゃって」

「お姉ちゃんっ！」

シャフランが声を荒げるものの、クレーベルは笑っている。

「あらあら、いいじゃない。好きな人のためって思うほうが、いろいろ頑張れるでしょ？」

そんなクレーベルに、シャフランも勢いをそがれる。

「これからもっと頑張らないといけないし、ちょうどいいじゃない」

「あうっ……」

シャフランは恥ずかしそうにしながら、唇を尖らせた。

しかしまんざらでもなさそうな様子だったので、それを見たクレーベルは満足げな笑みを浮かべる。アリエーフも、そんな姉たちを微笑ましく見守るのだった。

「姉様たちは、今のほうが楽しそうですね」

彼女の言葉に、クレーベルはうなずく。

「そうね」

元々はお嬢様だった彼女たち。

それがニマーチ家の傾きと伯爵の失踪によって、一気に環境が変わった。

令嬢から、奴隷メイドへ。

普通に考えれば、こうして笑っていられるような境遇ではないだろう。

道中、追われていたときは本当に怖くて、前の暮らしに戻りたいと何度も思ったけれど――。

今は、そんな風に感じることはなくなっていた。メイドとしての義務が生まれているけれど、ただぼんやりと過ごすだけだった頃とは違う充実感もあった。

「あたしは、まともになった気もするしね」

令嬢だった頃はわがまま放題であり、決して褒められた振る舞いをしていなかったシャッフラン。

ここへ来た当初も、それを引きずり、ちゃんと働けなかったが、今ではそれも改善している。

そんな自分を、前よりもいいと思うのだった。

「シャフ姉様の場合、それはお父様の影響もあったと思いますけどね」

貴族らしさを重視していたニマーチ伯爵。

貴族は人の上に立つものとして、ある程度は横暴な振る舞いも当然だという考え方を持っていた。

伯爵自身は、それと抱き合わせの貴族としての義務についてもわかっていたし、失踪するまでは一応、職務をこなしてもいた。

しかし、まだ子供だったシャフランには、義務の部分は見えていなかっただろう。

姉が貴族令嬢としては自由気ままだったこともあり、余計に期待に応えようと、わがままお嬢様になっていった。そんな彼女だったが、レストと接する内に考えも変わっていった。

言葉遣いは彼の希望もあって修正していないけれど、仕事ぶりについては改善している。

今ではシャフランも、あの頃に戻りたいとは思わない。

姉妹たちは皆、レストのために頑張ろうと思うのだった。

●

夜になり、くつろいでいると、クレーベルが部屋を訪れた。

「夜のご奉仕に参りました♪」

最初のパイズリ奉仕以降も、彼女はこうして部屋を訪れてくれている。おっぱいだけでなく、最近は熱心なフェラもしてくれるようになった。

美女メイドがそう言ってくれるのは非常にありがたく、男としては惹かれてしまうし、このまま襲いかかってしまいたいほどなのだが、一度そこをぐっとこらえる。

「クレーベル、疲れてないか？」

彼女は家事だけでなく、屋敷の管理全般においても中心となっている。

屋敷のすべてを完璧に掃除、整頓する必要はないとはいえ、まだメイドとしての仕事を始めたばかりなのだ。しかも独学で。

本来なら、それを教える先輩メイドがいるのが当然なのだろう。

しかしここには元々のメイドはおらず、彼女は勉強しながら仕事に取り組んでいる。

慣れないことだというだけでも大変だろうに、妹たちを引っ張っていくというのは、かなり負担が大きいだろう。

それに加えて夜のご奉仕までするというのは、大丈夫なのだろうか？

ご奉仕は嬉しいものだが、それはクレーベルの元気さが魅力的だからだ。彼女が疲れ切ってしまったり、体調を崩すようではよくない。

「はい、わたしは大丈夫ですっ！　けっこう体力はあるんですよっ」

明るく答えるクレーベルは、確かに大丈夫そうだが……。

「それならいいが……無理はしなくていいからな」

「はいっ。レストさんは優しいですね」

そう言った彼女は、まっすぐだった。こうも素直な性格なら、疲れたときは自分で言ってくれるだろうと思うことにした。

あとは、シャフランやアリェーフにも、クレーベルの状態を気にかけてもらうよう言ってみるか。

シャフランならばそのあたりの裏表もないだろうし、特に姉妹のことについては大切に思っているから、無理はさせないだろう。

クレーベル自身が問題ないというなら、夜のご奉仕はもちろん大歓迎だ。

俺たちはさっそく、ベッドへと向かった。

「レストさん、んんっ……♥」

俺は彼女を抱き寄せて、キスをする。

クレーベルはおずおずと抱き返してきて、細い腕がきゅっと俺の身体に回った。

「んむっ、ちゅっ……♥」

そのまま再びキスをして、彼女の背中を撫でるように手を動かしていく。

「あふっ、ん、レストさん……♥」

彼女は潤んだ瞳で俺を見つめた。

その表情は反則級にかわいく、俺の欲望をくすぐる。

クレーベルはそのまま、俺の身体をなぞりながら下へとずれていった。

そして俺の股間のあたりに、かがみ込む。

「失礼します」

そう言ってズボンに手をかけると、下着ごと下ろしてきた。

彼女の整った顔のすぐ側に、跳ねるようにあらわれる勃起竿。

「わぁ……♥」

それを間近で、うっとりと眺めるクレーベル。

まじまじと見られ、若干恥ずかしさを感じていると、彼女は肉竿をきゅっと握った。

「んっ、レストさんのここ、もうこんなに硬くなって、熱いです……♥」

そう言って、彼女は軽く肉竿を擦る。

その淡い気持ちよさで肉棒がぴくんと反応すると、さらに顔を近づけてきた。

「今日はレストさんの、このガチガチになったおちんちんに……わたしのお口でご奉仕させていただきますね……れろっ♪」

「うぁ……」

彼女は舌を伸ばすと、軽く先端を舐めてきた。

温かく濡れた舌の感触に、思わず声を出してしまう。

「んっ、おちんちんが、ビクってしましたね……♪」

彼女はその反応を楽しむように、もう一度舌を出して舐めてくる。

「れろっ……ちろっ……」

「あう……」

舐められる気持ちよさと、美女がチンポへと舌を伸ばしている光景。

その状況にさらに滾っていく。

「ん、ぺろっ……れろっ」

「うぁ、そこ……」

「ここがいいんですか？　このくぼみのところ……れろっ！」

「う、あぁ……」

舌先が裏筋を擦り上げ、快感が広がる。

「ん、ぺろっ……ちろろっ……」

そこが弱いとわかると、クレーベルは熱心に裏筋を舐めていった。

彼女の舌に責められ、気持ちよさが膨らんでいく。

「れろっ、ん、おちんちんが反応してくれるの、なんだかすごく可愛らしいです……♥　ちろっ、ぺろろっ！」

彼女がそう言って、さらに舌を動かしていく。

先端の敏感な部分を中心に舐めてくるクレーベル。

快楽と共に、もどかしさが広がる。

「れろっ、ん、ぺろっ……」

舌を伸ばし、俺のチンポを熱心に舐めている彼女の顔を眺める。

「ん、ぺろろっ……ちろっ、れろんっ」

大きく舌を伸ばす表情はエロい。肉棒との対比によって、その整った顔もまた際立っていた。

「ん、次はこのおちんぽを、あむっ♪」

彼女は口を開けると、ぱくりと肉竿を咥えた。

亀頭が温かな口内に包まれ、カリ裏のあたりを唇が刺激する。

「あむっ、じゅぷっ……」

俺のチンポを咥えているクレーベル。

お嬢様が肉竿を咥えている光景は、オスの支配欲をくすぐる。

「んむっ、ちゅぱっ、じゅるっ……」

彼女は頭を前後させ、そのたびに肉竿が出入りする。

その光景がエロく、射精欲をくすぐられた。

「クレーベル、うぁ……」

「あむっ、じゅぽっ、ちゅぱっ♪　ん、レストさん、おちんぽしゃぶられるの、ちゅぱっ！　気持ちいいですか？」

「ああ……」

しゃぶりながら喋られると、唇がぴたぴたと刺激してきて、それもまた気持ちがいい。

その快感に浸りながら、肉棒にご奉仕する彼女を眺める。

「ん、うっ、ちゅぅっ……♥　ちゅぱっ、じゅるっ、んぁっ……」

肉棒をしゃぶりながら、クレーベルがもじもじと身体を動かしていく。

その仕草は感じているようで、肉竿を咥える彼女の顔も発情しているように見える。

「クレーベル」

俺は彼女を呼びながら、その頭を撫でた。

さらさらの髪を撫でていくと、彼女が肉竿を咥えながら上目遣いにこちらを見た。

「んむっ、ちゅぱっ、レストさん、んぁ……♥」

潤んだ視線と下品な水音、そして肉竿を咥えられる気持ちよさに、昂ぶりも増していく。

「ちゅぷっ……ん、じゅるっ、ちゅぅっ……♥」

頭から頬、首筋へと手を下ろしていくと彼女がぴくんと震え、肉竿を口から離した。

「レストさん、ん、はぁっ……♥」

すっかりと発情した顔で、俺を見上げるクレーベル。

その姿に我慢できず、俺は彼女を抱き上げる。

「きゃっ、レストさん、んんっ……」

そのまま、彼女をベッドへと横たえた。

仰向けになって、こちらを見上げるクレーベルはメイド服が乱れ、そのたわわな胸元もきわどいことになっていた。

俺はそんな彼女の服へと手をかけていく。

「あっ……♥」

小さく声をあげるも、そのまま身を任せてくれる。

すぐにその爆乳が服から解放され、たゆんっと揺れながら現れた。

その豊かな双丘へと手を伸ばしていく。

「あんっ♥　ん、はぁっ……」

彼女は敏感に反応し、気持ちよさそうに声をあげる。

爆乳は魅力的で、その柔らかな膨らみはずっと触れていたくなるような感触だが、今はそれ以上に滾る欲望を解放したくなっている。

俺は魅惑の爆乳から、さらに下へと手を動かしていく。

「あぁっ♥　レストさん、んっ……」

彼女の服を脱がせていくと、すぐに下着一枚になってしまう。

軽く足を閉じるようにしている彼女だが、ショーツに愛液が漏れ出しているのがわかる。

肉棒を咥えながら感じていたのだと思うと、欲望がさらに膨れ上がる。

俺はその、大事な場所を守るには頼りない、小さな布へと手をかけた。

「あぅっ……♥」

恥ずかしそうに顔を赤くしてはいるものの、期待するように俺を見つめた。

そのまま下着を下ろしていくと、秘部からクロッチへと、淫液がいやらしい糸をひく。

「あぁ、レストさん、恥ずかしいです……」

そう言って、きゅっと足を閉じるクレーベル。

俺はそんな彼女の白い腿へと手を添えて、開かせた。

「んぁ……」

彼女の足が開き、魅惑の花園があらわになる。

花弁は薄く口を開き、蜜をあふれさせていた。

「クレーベル」

俺は足の間へと身体を滑り込ませ、屹立した剛直を見せる。

「レストさん、んっ、きてください……」

彼女は肉棒を見つめ、そう言った。

「ああ」

俺は短く答えると、勃起竿を彼女の割れ目へとあてがった。

腰を数度前後させて、あふれる愛液を肉竿に塗りたくっていく。

「んはぁっ♥ あっ、レストさん、それ、んぅっ……」

彼女は色っぽい声を上げながら、小さく腰を動かした。

肉竿におまんこを擦りつける動きはエロく、本能が刺激される。

俺は彼女の腰をつかむと、膣口へ肉棒を押し当てた。

「んっ。はぁ……」

そのまま、ゆっくりと腰を進ませていく。

陰唇を肉竿で割り開きながら、濡れた膣内を目指す。

すぐに処女膜が触れ、男根の侵入を防いだ。

「………」

クレーベルを見つめると、彼女は小さくうなずいた。俺はぐっと腰を押し進める。

「んぁ、あぁぁぁあっ！」

肉棒が膜を破り、その膣内へと侵入する。

熱くうねる膣襞《ちつひだ》が肉棒をキツく締めつけてきた。

十分に濡れていることで比較的スムーズに入っていったものの、処女穴は狭く、初めてのモノを受け入れるので精一杯、といった様子だ。

俺はそのままじっと、彼女が落ち着くのを待った。

「はぁ、ん、はぁっ……」

クレーベルは膣内を押し広げるモノを感じながら、息を整えているようだった。

小さく震える膣襞が、肉竿を確かめるかのように刺激してくる。一糸まとわぬ姿のクレーベルが、俺のモノを受け入れてくれているという状況に、昂ぶりは収まらない。

処女喪失は妹のほうが先になってしまったが、俺へのご奉仕はクレーベルが先輩だ。彼女自身、そのことを少し気にしていた節もある。だから今、この初挿入にも必死に耐えてくれていた。

「レストさん……んっ……」

しばらくして、彼女が声をかけてくる。

俺はそれに答えて、ゆっくりと腰を動かし始めた。

「はぁ、ああ……わたしの中、んっ、レストさんのおちんちんが、押し広げて、ん、はぁっ……」

彼女のおまんこは、肉棒をしっかりと咥え込んでいる。

「あっ、ん、はぁっ……」

クレーベルの様子を窺いながら、腰を動かしていく。妹よりも、奥が深い気がした。

「んっ、はぁ……レストさん、んぅっ」

つい先程まで処女だった彼女の膣内はキツく、肉棒を締めつけてくる。

腰を動かすと膣襞がこすれ、その刺激が快感を膨らませていった。

「あふっ、ん、中、あぁっ……いっぱい、ん、ふぅっ……♥」

最初は受け入れるので精一杯といった様子だった彼女の声に、再び色が宿っていく。

今だけの処女穴を味わうように、ゆっくりと抽送を行っていった。

「あぅっ、わ、わたし、なんだかだんだん、んっ……♥」

処女ながらも感じ始めるのに合わせてか、膣内もうねりを増して肉棒を刺激してくる。

俺は少しだけ、ピストンの速度を上げた。

「あっ♥　ん、はぁ、ああっ……！」

彼女の口から嬌声が漏れる。

腰を動かしていくと、どんどんと彼女も高まっていくようだった。身体の相性もいいようだ。

「んぁ、あっあっ♥　ん、くぅっ……！」

俺のほうはもちろん、感じながらうねる処女穴に射精欲を募らせていく。

「あふっ、ん、レストさん、わたし、なんだか、あっ♥　これ、気持ちよく、ん、はぁっ……♥」

「ああ、こっちもそろそろ限界だ」

そう言って、ピストンの速度を上げていく。

「んあぁぁっ♥　あっ、レストさんのおちんぽ、わたしのなか、いっぱい、ん、あぁっ……♥　すごいです、んぅっ！」

嬌声をあげながら、乱れていくクレーベル。

俺はこみ上げてくるものを感じながら、腰を振っていく。

「んはぁっ♥　あっあっあっ、レストさん、ん、はぁ、ああうぅっ……！」

「クレーベル、出すぞ……！」

「あぅっ、ん、はぁ、わたし、あっあっあっ♥　気持ちよくて、すごいの、んぁ、あぁっ、あぁっ、んくぅぅぅっ♥」

「う、あぁ……！」

びゅくくっ、びゅるるるるるっ！

彼女が大きく声をあげ、身体を跳ねさせるのに合わせて俺は射精した。

「あぁぁぁぁぁっ！　熱いの、なんか、びゅくびゅくっ、んはぁっ……♥」

生で注ぎ込まれる精液を受けて、彼女がさらに声をあげていく。

うねる膣襞が肉棒を締め上げ、溢れる精液を搾りとっていった。

「はぁ、ん、あぁ……♥」

どうやら初セックスでも、感じてもらえたようだ。

俺は気持ちよく射精を終えると、肉竿を引き抜く。

彼女はそのまま脱力し、ベッドの上で荒い息を整えている。

そのたびに爆乳が上下し、柔らかそうに揺れていた。

それを眺めながら、俺も二人目の純潔をもらった感動に浸っていくのだった。

第三章　開店準備とメイドの成長

開店準備の話をしてからは、彼女たちはより意識して成長しようと取り組んでくれているようだった。

ちょっとずれた部分などはまだありながらも、頑張り屋で明るいクレーベルは、率先してメイドとしての仕事をこなしていき、そのスキルを伸ばしている。

最初は経験不足から、素人としても下手な部類だった料理でさえ、今やけっこう美味いといえるものになっていた。

出発点を考えれば、急成長だと言えるだろう。

掃除についても慣れるに従って効率が上がっていき、生活に必須の場所以外にも少しずつ手が入るようになっている。

さすがにこの屋敷をたった三人で完璧に保っておくというのは現実的ではないが、これまでは完全に放置状態だったのだから、綺麗になったというだけでも十分なことだ。

また、シャフランもメイドとしての仕事に、ちゃんと向き合うようになってきていた。

お嬢様としての振る舞いを続けてきたこともあり、出発点ではゼロだった彼女だが、どうやら本来は器用なタイプだったようで、覚悟を決めてからは一気に成長している。

相変わらず俺への態度はメイドとは思えないものだが、それはそれでなかなかに過ごしやすくもあった。意外と気が合うのかもしれない。

彼女たちのそんな成長もあり、この調子でいけば、販売所のようなものを作るのも現実的になってきたな、と思うのだった。そうなれば、あとは三女のアリェーフだ。

地下も一階も、工房そのものは様々なアイテムがあるため、基本的には彼女たちに掃除をお願いしていない。

そのため、今や屋敷の中では最も雑然とし、汚れた状態になってしまっている。

危険な物に触らないようには言ってあるが、彼女たちも大人だ。無闇には弄らないだろうし、俺自身も面倒なので、鍵などはわざわざかけていない。立ち入り自体も禁止していない。

工房には時計はないし、俺を食事などで呼ぶこともあるからな。

そうして工房に籠もりつつ、ひと仕事終えた俺が廊下に出ると、アリェーフに出くわした。

貴族に仕えるメイドや奴隷なら、一礼してさっと主人の道をあけるのかもしれないが、俺はそこまで立場を明確にするよりは、もっと気楽でいられるほうがお互いに良いと考えている。

そのため、そういった畏《かしこ》まったことはない。アリェーフは「お疲れさまです」と声をかけてきた。

「ああ、お疲れ。アリェーフは掃除中？」

「いえ、掃除は一段落つきました」

「そうなのか。ご苦労様」

そう答えつつ、彼女に目を向ける。

仕事を終えた後は、まだ身体が魔術師モードになっており、普段より魔力の流れに敏感だ。

その目で彼女を見ると、アリエーフの体内を流れる魔力が以前より整理され、魔術師寄りになっていることに気づいた。元々、彼女には資質がありそうだと感じてはいたが……。

「アリエーフ」

「はい、なんでしょうか？」

ここ最近、彼女たちが急に成長しているのは、魔法を使い始めているのではないかと思ったこともある。しかし、それとは少し違うようだな。

しっかりとは確認していないが、クレーベルやシャフランからそういった魔力変化を感じたことはない。アリエーフだけだろうか。

「アリエーフは、ほんとうは魔法が使えるのか？」

俺が訪ねると、彼女は驚いたような顔をした後で首を横に振った。

「いえ、まだ使えません」

「……まだ、か。最近、勉強を始めたんだな？」

彼女は小さくうなずく。

「はい。ちょっと興味があって……」

「なるほど」

俺はうなずいて、改めて彼女の魔力を眺める。

ほとんどの人間は、魔術師として十分な力を発揮できるかはさておき、多かれ少なかれ魔力を身の内に宿している。

ごく稀にまったく魔力のない人もいるらしいが、俺は見たことがなかった。

魔法という形でなくても、ある種の達人と呼ばれる者たちは皆、無意識に体内の魔力を制御して最適に使っていることが多い。それは時に、身体強化の魔法以上の効果を発揮していることもある。

意識して見ればそういったこともわかるくらい、体内を流れる魔力というのは正直だ。

アリエーフの魔力はというと……特別な効果は発揮していないものの、とても整っていた。

これはもう、魔術師としての基礎的な鍛錬後に得られる状態に近い。

「本を読みながら、いろいろ試してみたのか？」

「はい。まだ魔法を発動したりはしていないのですが、基礎の部分を少しだけです」

「ほう……それでこれとは優秀だな」

俺は彼女の魔力を眺めながら続ける。

「期間はどのくらい？」

「まだ一週間くらいです」

そう答えた彼女は、少し不安げに俺を見た。彼女が言葉を重ねる前に、俺が口を開く。

「一週間でこれだけ魔力を整えられるなら、アリエーフは才能があるかもな」

魔力量も十分だ。大天才というわけではないが、魔術師になるには十分だろう。

優秀な部類だと思う。ここから鍛えて伸ばしていくことも出来るし、未経験からの可能性を考えれば素晴らしいものだ。

得意そうな部分を伸ばしていけば、十分に優秀な魔術師になるだろう。

「アリェーフは魔法に興味があるんだな。それは、メイドの仕事よりもか？」

「あっ、えっと……」

彼女は迷うように、言葉を詰まらせる。

「すまん、聞き方が悪かった」

魔術師としての才能を見て、自分の興味ばかり考えてしまった。彼女の立場では答えにくいだろうし、言葉に詰まったことがもう、問いへの答えだとも言える。

「マジックアイテム制作のほうでも、俺の役に立ちたいと思ってくれるか？」

「はいっ！」

そう聞くと、今度は元気よく返事をした。

普段の彼女より勢いがあるあたり、本当にマジックアイテムや魔法に興味があるみたいだ。

それなら——。

「よし、それじゃあ、アリェーフは魔法の練習を初めてみるか」

家事のほうは、シャフランが本腰を入れてくれたことで、余裕が出来ている。

マジックアイテムは、将来的にはもっと数が必要になってくるだろう。

もうしばらくは、これまで通りに商人に買ってもらう分と、販売所で多少売る程度のつもりだ。だから、俺ひとりでもなんとかなりそうだが、余裕はあったほうがいい。

もちろん、商人が町で売ってくれていたからこその利用者だから、わざわざこの屋敷まで買いに来てくれる人は少ないだろう。そこまで急務ではない。

マジックアイテム自体の売り上げが伸びなくても、それならそれでよかった。

アリエーフにこれまでの商品を頼みつつ、俺自身は別のものを開発してみるのもいいかもしれないと思う。

そんなふうに改めて考えてみる。自分の望みばかりで気が引けるが……アリエーフが一人前の魔術師になってくれれば、自立した彼女たちを自由にするということも出来るかもしれない。

そんなふうに思っておくのも、悪くないだろう。

元々俺は、彼女たちを拘束したいわけではないからな。借金のぶんだけでも何年か働いてもらえれば、将来的には解放するのは、やぶさかではない。

俺自身は元々貴族でもなく、人を使う立場にもなかった。

だから、どうしても使用人だとか奴隷だとかいった考えに馴染めない。

今は立場がはっきりしているから、関係が破綻することはないだろうがな。

目の前のアリエーフが嬉しそうなので、俺の判断はそう間違っていないのだろう。

であれば、しっかりと教えてやりたかった。

アリエーフを魔術師として育てるということは、その分、姉ふたりにとってはメイド仕事の負担が増えるということでもある。

クレーベルは順調に成長し、シャフランも戦力になった今、これまで通りの仕事は問題なく出来るようになっている。それがまた忙しくなるということでもあるので、その理由は話しておく必要があるだろう。

どうなるかと思ったが、ふたりの反応は好意的なものだった。

「アリエーフは魔法の勉強がしたいんでしょ？　それなら、そのほうがいいじゃない」

シャフランがそう言うと、クレーベルもうなずいた。

「それに、レストさんとしても、アリエーフちゃんが魔術師として修行したほうが、お仕事が助かるんですよね？」

「ああ。マジックアイテムの製作を手伝ってもらえるのは、とてもありがたいな」

果たしてどのくらい売れるものかは、まったくわからないところであるが、俺以外にもアイテム製作が出来れば、将来への選択肢は増えるだろう。

「それなら、わたしたちも頑張りますよっ！　お任せ下さい」

ぐっと拳を握って意気込むクレーベル。

「そうか、ありがとう」

こうして、俺はアリエーフを正式に弟子にすることにしたのだった。

ふたりで工房に籠もり、彼女に魔術の基礎を教えていくことになった。

椅子に座った彼女の後ろから、俺は声をかける。

「まずは魔力の流れを意識してくれ――」

単純な知識は、本で得られる。座学は静かにひとりでするほうが、効率がいいことが多いだろう。

アリエーフはまさに、そのタイプだった。

だから俺からの講義では、実際に魔力を操ったり、アイテムを用いながら具体的な説明をすることにした。手を動かしたほうが覚えられることも多いしな。

そしてそれらは、初心者ひとりだと危険なこともある。

「自分の中を流れる魔力を感じ取れたら、次はそれを、体内で操作するイメージだ。例えば、右手に魔力を集めてみる想像――」

俺がそう言うと、アリエーフの体内で、魔力の流れが変わっていく。

「いいぞ。魔力をつかむ感覚に優れている」

彼女が魔法に興味を持ったのは、自分でもその資質に気付いたところがあったのかもしれない。

アリエーフは俺の想定通り、いやそれ以上に、魔術の才能がありそうだ。

体内の魔力を整え、それを感じ取る。

言葉にすれば簡単なことだが、この点については向き不向きがはっきりとある。

しかしここで躓《つまず》く人間が、魔術師になれないかというとそうでもない。

最初は感覚がつかめずとも、鍛錬を続けることで、ある日急にコツをつかむということもあるし、自分の中でしっかりと理屈づけを行うことで、感覚以上の部分で魔力を操る者もいる。

それでも、最初から魔力を上手くつかめる人間のほうが、一人前の魔術師になれる可能性は高かった。潜在魔力量はかなり重要だ。

「次は左手に集中してみよう。まずは自身の中を巡る魔力をつかみ、それを体内で移動させる感覚を、しっかりとなじませていくんだ」

「はい」

素直に答えて、アリエーフは魔力を操作していく。

俺はその様子を眺めながら、これからについて考える。

思ったよりも筋がいいため、最初に考えていたよりも前倒しで進めたほうが良さそうだ。

アリエーフに教えるにあたって、俺自身も魔術について、自分の中で整理し直している。

これまでずっと仕事としてやってきたことではあるが、人に教えるとなると、より深く理解している必要があるからな。

それは俺にとって、自分の技術レベルを見つめ直すきっかけにもなった。

今では半ば無意識にやっていた部分。

それをあらためて振り返ることなどなかったが、これまでの経験を踏まえると、その意味をより理解することが出来た。俺もまだまだ成長していたようだな。

そのお陰でアイテム作成の、さらなる最適化も可能となった。

アリエーフはまだまだ可能性の塊であり、どの方向に伸びていくのか、どういった適性があるのかはわからない。模索途中であるアリエーフには基礎を教えつつ、俺自身の作業については、効率化を進めていった。

弟子を持つのは初めてのことだが、自分の実力を上げる機会になったのは嬉しい。

仕事として日々取り組んでいると、振り返る機会というのはなかなか訪れないからな。

そうして俺は、彼女に魔術を教えていく。

アリエーフの覚えがいいこともあり、訓練はどんどんと進んでいった。

この調子でいけば、彼女は思ったよりも早く、アイテム製作を行えるような魔術師になるだろう。

俺は彼女の成長を楽しみながら、計画を立てていくのだった。

●

アリエーフの日常は、魔術を学び始めてから、思いがけず充実していった。

元はレストを見ていて、興味を覚えただけだった。

だからまねごととして、本で読んだ鍛錬法を試してみただけ。

体内を流れる魔力を整える……それはただの魔法を使う前準備だが、なんだか世界の秘密の一端に触れたようで、とても興味深かった。

そうしてほんの少しだけ魔術をかじり、レストのしていることに近づいたような気持ちになっていたが、彼自身に声をかけられ、本格的に学べるようになるとは思っていなかった。

それまでの彼女にとって魔法は、あまり身近なものではなかった。周囲にいる魔術師といえば父親お抱えの者たちであり、生活での接点はない。

令嬢だった彼女は、マジックアイテムを自分で使うようなことすらなかった。

そういったことは、すべて使用人がやってくれる。

だから魔術師もマジックアイテムも、存在を知っているだけだ。

料理をするためのコンロ。水をくみ上げるための井戸。明かりを灯す街灯。

どれも生活になくてはならないマジックアイテムだが、令嬢にとってはそれすらも、実際に触れる機会はない。

それもあって、彼女にとって魔術を学ぶことは、自分が変わっていく象徴的な出来事だった。

令嬢からメイドへ、そしてそこからさらに新しい自分として、学んでいくことができる。

明るく頑張り屋なクレーベルや、いざとなれば器用なシャフラン。尊敬する姉たちと、目立たず取り柄のなかった自分が並ぶために。姉たちと同じように役立つために、これはきっと重要だ。

それに魔術を習うときに、レストとふたりきりになる時間が増えたのは、嬉しくもあり、ちょっとずるい気もするほどの幸運だった。

しかし姉たちは、そんなアリェーフを応援してくれている。

そんな中で、アリェーフは熱意を持って魔術の鍛錬を続けていった。

今日はクレーベルが夜のご奉仕へと向かっている。アリェーフとシャフランは仕事を終えると、ふたりでのんびりと過ごしていた。

「シャフ姉様は、魔法を習うのが私でよかったのですか？」

きっと、この器用な姉も魔法に適性ぐらいはある。自分だけではないと思う。

逆に長姉であるクレーベルは、明るく頑張り屋であると同時に、かなりおおらかな性格だ。

例えば料理でいえば、材料を買い忘れたことに気づいても、あるもので別の料理に軌道修正するタイプである。

それはそれで優れた資質だが、しかし、魔法には向かない性質でもあった。

アイテム製作などでは、そういった大雑把さは許されない。

実際にクレーベル自身も、家事などで魔法の便利さを感じてはいても、自身が魔法を扱うには向かないと考えているようだった。

魔術師には、どちらかというと神経質なほうが向いているという。

失敗をリカバリーするのではなく、とことん理由を突き詰めて、完全な状態を維持する必要がある。うっかり魔力を暴走させたりすれば、自身や周囲へと大きな被害が及ぶからだ。

そういう視点で見ても、シャフランだって決して、魔法に不向きというわけではない。

メイドらしからぬ言動だとはいえ、仕事に向き合う姿勢として、シャフランは器用でミスのないタイプだ。知識だって、アリエーフより豊富だと思う。

生まれ持った魔力量という点ではアリエーフが勝るようだが、才能としてはどうだろう。

レストの手伝いとしての、一般的なマジックアイテムの作成という点で見れば、どちらでもよかったとも言える気がする。

「アリエーフのほうがずっと向いているし、最初から興味を持っていたんだし、それでいいと思うわよ」

シャフランは言って、妹をさらに安心させるように続けた。

「この館で魔法の本を読んでも、実際に始めていたのはアリエーフだけだったでしょ」

姉であるシャフランが、レストの役に立てるようになろうと決めて取り組んだのは、メイドとしての家事だった。その結果、家事の実力面で見ればもう、十分なものになっている。

姉の努力は、アリエーフにもよくわかっていた。

そんなシャフランは、レストが要請すれば魔法の勉強にも取り組んだだろうが、自身から魔法を覚えようとはしなかった。

適材適所だと、姉妹たちはお互いに納得出来る関係にある。クレーベルだって、そう言うだろう。

「気にしなくていいのよ。それよりも、勉強のほうは順調？」

「うん。レスト様も、褒めてくださってます」

「そう、よかったわね」

シャフランはそう言うと、柔らかな笑みを浮かべた。

●

ある夜、アリエーフが俺の部屋を訪れた。

「レスト様」

「お、アリェーフか」

俺は彼女を部屋へと招き入れる。ここ最近、魔術を教えることで彼女と過ごす時間も増えており、こうしてふたりきりというのも珍しくなくなった。それでも私室でとなると、少し緊張する。

昼間なら魔術の話をするところだが、夜にすることといえば決まっているな……。

姉たちがしていることは、もちろんアリェーフも知っている。しかしこれまでは、アリェーフとはその機会はなかったし、俺からは求めていない。

そう考えていると、アリェーフのほうから言ってきた。

「今日は私が……レスト様をすっきりさせていただきますね」

そう言って、彼女が迫ってくる。

「わかった。よろしくな」

俺はそんな彼女を迎えながら、ベッドへと腰掛けた。

姉妹たちの気持ちは俺も嬉しい。多くを語る必要はないだろう。

「ん、しょっ……」

彼女はベッドに上がると、胸元をはだけさせる。

ぷるんっと揺れながら現れるおっぱい。末妹である彼女だが、そのバストはやはり大きい。

アリェーフはたわわな胸を揺らしながら、俺の股間へとにじり寄ってくる。

俺のズボンを下ろすと、おっぱいでペニスを挟み込んだ。

「むぎゅー♪　って、するんですよね？」

まだ大人しいままの肉棒が、彼女の巨乳にすっぽりと隠れてしまう。きっとクレーベルに教わったのだろう。柔らかな乳房が肉竿を刺激し、その気持ちよさでムクムクと膨らんでいった。

「あんっ……おっぱいの中で、レスト様のおちんちんがおっきく……んっ……。男性は……ほんとに、こんなになるんですね♥　不思議です……」

彼女はむぎゅぎゅっと、膨らんでいく肉竿をおっぱいで刺激する。

どこもかしこも柔らかく、良い匂いがして、なにもかもがエロい。

俺からすればそんな女の子の身体のほうが、よほど神秘的なんだがな。

「あぁ……♥　レスト様のおちんぽ♥　胸の間から飛び出してきました……♥」

谷間から突き出る先端を、アリエーフがうっとりと見つめる。

そして乳房を動かし、その勃起竿を愛撫してきた。

「ん、しょっ……」

両手でおっぱいを支えながら、刺激してくる彼女。

その気持ちよさに、俺は少し腰を突き出すようにした。

すると、さらに先っぽがはみ出してくる。

胸の谷間に挟み込まれる気持ちよさと、男性器を収めているおっぱいのエロい光景。

「むぎゅっ、むぎゅー♪」

アリエーフが心地よく乳圧を高め、肉棒へとご奉仕してくる。

「ん、飛び出して寂しそうにしてる……さきっぽはぁ……あむっ♥」

「おぉ……！」

彼女の小さな口が、ぱくりと肉竿を咥える。これも教わっていたのだろうか。

「あむっ、ちゅぷっ……」

幹をおっぱいに挟み込まれながら、亀頭を口内に含まれる。クレーベル仕込みであろうご奉仕は、なかなかに気持ちよかった。

「れろっ、んっ……」

舌が先端をくすぐるように撫でながら、乳房が肉棒をむぎゅぎゅっと刺激する。

「あむっ、ちゅぱっ……♥」

彼女が口を動かすと、口内で先端が甘く刺激される。

「はぁ……んぁ……レスト様、ん、私のパイズリ……フェラチオ、どうですか？」

「ああ、すごく気持ちいいよ」

胸に包まれながら、ちんぽを咥えられる快感。二種類の刺激は、俺を追い込んでいった。

「んむっ、ちゅぱっ、れろっ……むぎゅー」

彼女は胸を動かしながら、先端にさらに吸いついてくる。可愛らしいメイドさんは、一生懸命に俺のチンポに奉仕していた。

「ちゅぱっ、れろろっ！　ぺろっ、ちゅぅっ♥」

豊満な胸と、小刻みに動く舌先。その心地よさに、俺は身を任せていく。

「んむっ、ちゅぽっ、ちゅぱっ……♥」

彼女は肉竿をしゃぶりながら、おっぱいをむにゅむにゅと動かしていく。

柔らかな双丘が肉竿を押し、絞るようにしてくる。しかしまだまだ処女だ。どこまですればいいかは、わかっていない。

「アリエーフ、うっ……！」

俺は気持ちよさに従い、腰を突き出すようにした。一度、出してしまうのもいいだろう。

「んむっ!?　レスト様……♥　ん、おちんぽ、もっと咥え込んでほしいんですか？　あむっ、じゅぼっ……じゅるるっ！」

「ああっ……いいぞ！」

彼女はぐっと胸を下ろして肉竿の根元を擦ると、その分だけ飛び出した肉竿を深く咥え込む。

「んむっ、じゅぽっ……」

思いがけず最高の状態になり、ガマンも限界だ。彼女も俺のチンポを、射精させようとしゃぶっていく。

「じゅぷっ……じゅぽっ……ん、はぁ……じゅるるっ、ちゅぅっ！」

根元を胸が締めつけ、亀頭を咥え込んだ口内が密着し、強く吸いついてくる。

「んむっ、じゅぽっ、じゅるるっ……れろっ、ん、はぁっ……先っぽから、れろっ、ちゅぅっ……レスト様のお汁♥　とろとろに、じゅぷっ、あふれてきてますね……ちゅぅっ♥」

彼女が肉竿に思いきり吸いつき、その胸をぐにゅーっと動かす。

「アリエーフ、それ、うっ……！」

その気持ちよさに、俺は放出しそうになる。彼女はそれを見て、さらに追い込みをかけてきた。

「ちゅぽっ、じゅぶっ……レスト様、んっ♥ 私のお口とおっぱいで、じゅぷっ、じゅるっ……精液、出してください、ちゅぅぅぅっ！」

「ああ、そんなに吸われるとっ……！」

彼女の巨乳が左右から圧力を高め、肉竿を絞る。

「じゅぽっ、じゅぶっ、じゅるるるっ！」

同時に亀頭をしゃぶられ、吸いつかれ、俺はこみ上げてくるものを感じた。

「じゅるるっ、ちゅぽっ、れろっ、ちゅぶっ！　じゅぽじゅぽじゅぽじゅぽっ！　じゅぶぶぶっ、ちゅぅぅぅっ♥」

「ああ、出るぞっ！」

最後に思いっきりバキュームを受けながら、俺は生娘の口内へと射精した。

「んむっ、ん、ちゅぅっ♥」

精液を放つ肉竿に、彼女はしっかりと吸いついている。

「んくっ、ん、ちゅぶっ……♥」

その勢いに、少し口の端から白濁をあふれさせながらも、アリエーフが精液を飲み込んでいった。

「んく、ん、はぁ……♥　レスト様♥　濃いの、いっぱい……いただいちゃいました……」

彼女はそう言うと、肉竿を解放した。メイドとしての完璧なご奉仕だった。

しかし口と胸の両方が離れても勃起竿はまだ収まっていない。姉たちならここからがあるが……。

俺は期待しながらも、アリェーフの反応を待つ。

「レスト様、私も、んっ♥　アソコが疼いてしまっていますから……。レスト様のこれで……私のことも、もらってください♥　姉様たちみたいに……」

「ああ……もちろんだ」

可愛らしいおねだりに、オスの欲動が滾る。美人三姉妹から愛されるなんて、最高だ。

「アリェーフ」

俺は彼女の身体を支えるようにしながら位置を変え、四つん這いにさせた。

「んっ……♥」

ベッドに手をついた彼女が、お尻を高く上げる。

アリェーフのメイド服は、最も露出度が高い。その形の良いお尻は、ずっと気になっていた。

自分でも疼くと言った通り、彼女のそこはもう濡れており、愛液を吸った布地が色を変えて割れ目に張り付いていた。

女の子の秘めたる部分。そのかたちを目にして、本能が疼く。

俺は下着をずらして、直接おまんこと対面する。

「んっ……♥」

お尻を上げた姿勢の彼女が、小さく声を零す。

濡れたおまんこはメスのフェロモンを放ち、こちらを誘っている。

アリエーフも待ちきれないとばかりに、ぬれぬれのおまんこをこちらへと突き出してきた。

俺は滾りっぱなしの剛直を、彼女の膣口へとあてがう。しかしここからは慎重にしなければ。

「あぁ、レスト様のおちんぽ、私のアソコに、んっ……♥」

「ああ、いくぞ」

「はいっ。入れて……ください」

ピンク色の入口。まだ未通のそこは、本当に綺麗だった。

俺は腰を前に進め、彼女の膣内に侵入していく。愛らしい三女の、初めてを奪っていく。

キツい部分を越えると、ぬぷっ、と蜜壺が亀頭を受け入れた。

「あっ……く……あぐ……。はぁあ……ん、はぁっ」

彼女が一瞬、苦しそうに呻く。しかしそれも長くはなかった。

なんとか入り込むと、ぎゅうぎゅうにキツかった膣洞も、俺の形を覚えるように緩んでいく。

ぴったりと受け入れてからは、きゅっと締めつけてくるようになった。

「ん、はぁっ……私の中が、レスト様の形になってます……」

「ああ、すごいな」

ベッドに手をついたままの彼女が、肉竿を受け入れて腰をゆする。なんとかご奉仕しようと、健気な努力をしてくれている。

俺はそのお尻をつかんで、自分でも腰をゆっくりと動かしていった。

「あぁっ、ん、ふぅっ……！」

ハリのある尻肉が、俺の指を受けて軽く沈む。

膣穴が、しっかりと男を咥え込んでいる。そこに出入りする光景を眺めながら、美少女のお尻に腰を打ちつけていくのは最高の気分だった。

「んはぁっ！　あっ、んんっ……！」

四つん這いになったアリェーフが、俺のピストンにあわせて身体を揺らしていく。

その細い腰をつかんで抽送を行うと、膣内がきゅっと締めつけてくる。

「あぁっ♥　ん、はぁ、んぅっ……」

「この体勢だと、おまんこにチンポが出入りしているところが見えて、かなりエロいな」

ピストンの度に、白っぽい愛液があふれてくるのもそうだ。初めての彼女に気を遣った体位だったが、思った以上にいい。貴族の令嬢を後ろから突いているというのも、興奮材料なのだろう。

俺はそれに満足しながら、腰振りの速度を徐々に上げていった。

「あうぅっ……ん、そんな……はんっ……恥ずかしい、です……あうっ♥」

突き込むごとに、艶めかしい声をあげるアリェーフ。

それでもしっかりとお尻を突き出して、俺のモノを受け入れている。

その光景を楽しみながら、ますます腰を振っていった。

「ああっ、ん、あぅっ♥　ん、くぅっ……！」

嬌声をあげて乱れ始める彼女に、俺はさらに腰を打ちつけ、少女を女へと変えていく。

「んぁ、ああっ、私、あっあっ♥　ん、はぁ、もう、イッちゃいそうですっ……！」

「アリエーフの中が、吸いついてきてるな……！」

「ああっ♥　ん、はぁ、レスト様のおちんぽ♥　私の中、いっぱいかき回して、あっあっあっ♥　ん、はぁっ！　姉様たちも……こんなこと……いっぱいレスト様と……あっ♥」

アリエーフは喘ぎながら、ピストンに合わせて身体を揺らしていく。

膣襞《ちつひだ》が肉竿をしごき上げ、初めての精液を教えてほしいと、ねだるように蠢く。

「ああっ、イクッ！　ん、はぁっ、イッちゃいますっ……♥　んぁ、ああっ！　おまんこ、ん、あっあっ、イクゥッ！」

「う、おぉ……！」

蠢動する膣襞を擦り上げながら、俺は処女の秘部へと肉棒を何度も何度も突き立てる。

快楽に乱れるアリエーフの熱い膣内を、カチカチの肉棒で往復していった。

「んはぁ、ああっ、レスト様ぁ♥　んぉ、あっあっ♥　ん、くぅっ、イクッ、イクイクッ、イクウゥウゥウッ！」

びくんと身体をのけぞらせながら、アリエーフが絶頂を迎える。

膣内がきゅっと収縮して、肉竿を締めつけた。

「おぉ、俺も出すぞ……！」

射精の予感を感じ取りながら、俺はピストンを続けていく。初めてなのにこの締めつけ。この気持ち良さ。最高に愛らしいおまんこを、自分のものにするんだ！

「んぁぁっ♥　あっ、イッてるおまんこ、そんなにズブズブされたぁっ♥　んぁ、ああっ！」

快感に声をあげ、身体を震わせていくアリェーフ。

おまんこが精液を求めて肉棒を締めつける。俺はその気持ちよさに、ぐっと腰を突き出す。

「んあっ♥　奥までっ、おちんぽ、んぁあああっ！」

「出すぞ！」

どびゅっ、びゅるるるるるっ！

俺はそのまま、彼女の中で思いきり果てた。三姉妹全員に、俺が初めて中出しする興奮！

「んくぅうっ♥　熱いの、あっ♥　私の奥に、びゅーびゅーでてます……♥　んぁ、ああっ！」

膣奥へと精液を受けて、彼女が再び身体を震わせた。初体験にしては、とても感度がいい。魔力開発で俺との身体の相性が、整っていたのかもしれないな。

膣内がキツくチンポに吸いついていて、精液を搾るようにうねっている。

甘えん坊な秘部に従うように、俺は気持ちよく射精を繰り返していった。

「ん、はぁ……あぁ……♥」

彼女が快感で姿勢を崩す。寝バックでお尻に密着し、最後にもうひと絞り流し込む。実に気持ちの良い射精だった。もっともっと、このおまんこに流し込んでみたい。これからも楽しみだ。

俺は肉竿を引き抜くと、そのまま彼女をベッドへと寝かせる。

「レスト様ぁ……♥　すごかった……です♥」

アリエーフは仰向けになると、潤んだ瞳で俺を見上げた。なんて素敵なメイドさんだろうか。

そんな彼女に覆い被さるようにして抱きしめ、セックスの余韻に浸っていくのだった。

●

屋敷に販売所を作るにあたり、俺はクレーベルとともに、近くの町にある商人ギルドへと挨拶をしに行くことにした。

俺が自分で作ったアイテムを工房の前に並べるだけなので、かたちとしては鍛冶職人などに近いとは思う。

仕入れを行って販売をする商人とは厳密には違うため、商人ギルドに所属する必要はないのだが、挨拶ぐらいはしておいたほうが後々いいだろう、ということだ。いつもの商人の彼から、そうアドバイスされたのもある。

挨拶をしたからといって、不利益になることは何もないしな。

「ギルドに挨拶ってなると、なんだか緊張しますね」

クレーベルは少しそわそわとしながら言った。

「いや、そんなに緊張しなくてもいいよ。俺たちがギルドに加入する訳じゃないし、一応、話は通しておこうってくらいの立場だから」

とはいえ、俺自身は幽霊屋敷の魔術師として、長い間、恐れられているような立場でもある。

メイドたちのお陰で少しはましになってはいるが、そんな噂しか知らない人々からすれば、あまり関わりたくはない相手だろう。

町にはそうした、俺と接点のない人のほうが多い訳で、これからの商売を考えれば少しは出歩いたほうがいい。顔見せ程度にはなるだろう。

商人ギルドの上役などは、俺がそれなりに貴族とパイプがあることも知っている。

それ以上のことも、おそらくは知っているだろう。

俺が隠遁がてらに屋敷を買ってこの辺りに来る前に、中央でどんな魔術師だったかというような噂も流れているらしいからな。

引き籠もるようになった隠居の魔術師が、わざわざ上級貴族からマジックアイテムを依頼されるのには、それなりの理由がある。

そうでなければ、貴族は相手にしない。

逆に、一度でも貴族の誰かに認められると評価が上がり、面識のない貴族からも話をもらえるようになるんだけどな。

まあそのあたりのことは、今の生活にはあまり関係がない。

わざわざ依頼をくれるならそれには応えるが、こちらから貴族に売り込みに行くようなことはしていないしな。三姉妹にも、俺のことはあまり話していない。

俺たちは町の大通りを通って、目的の商人ギルドを目指す。

「レストさん、久しぶりだね」

途中で、行きつけの露店店の主人に声をかけられる。

「ああ、最近は彼女たちに買い物も頼んじゃってるからな。ご無沙汰だね」

「そうだね。メイドのお陰で、屋敷もずいぶん綺麗になったらしいね」

「そのうち見に来てくれよ。もう幽霊屋敷じゃないさ」

いつもは材料を買う立場だが、彼もまた、俺の顧客になり得るかもしれないな。

知り合いとはそんな話をしたりしつつ、久々の町を歩いていく。

「クレーベルは、俺よりもこっちに来ることが多いし、もう町には慣れたか？」

ふと聞いてみると、彼女はうなずいた。

「はいっ。まだまだ新しい発見があったりして、新鮮です」

「それはよかった」

新しい環境というのは、慣れるのが大変だったり、上手く適応できなかったりすると困る場合も多い。それを新鮮さとして楽しんでいられるなら、それも才能だな。

そうして商人ギルドに着いた俺たちは、応接間へと通される。

王都のような大都市ではないものの、この町もそれなりの規模ではある。

そのためか、応接間はある程度派手で、高価な調度が用意されていた。ちゃんと入ったのは初めてかもしれないな。人によっては、この場の空気に緊張しそうだ。

俺はそう感じたが、元令嬢のクレーベルからすると、そんなに特別でもないようだった。

「ああ、レストさん、ようこそお越し下さいました」

「わざわざお時間をいただき、ありがとうございます。感謝いたします」

商人ギルドの長に挨拶をした。普段の俺とはだいぶ違ったので、クレーベルが驚いている。

軽く世間話をしてから、本題へと入る。

「これからは、屋敷でも自分のマジックアイテムを販売しようかと思いまして」

「ええ、これまでそちらに伺っていた者が、故郷に帰って店を開くみたいですね」

商人同士、情報は入っているようだな。

「レストさんのマジックアイテムを求める人に取っては、非常に助かるものになるでしょう」

そう言うギルド長だが、まあ社交辞令だろう。

儲かると思うなら、彼らの中から俺の商品を卸してほしいという者が出てくるはずだ。

しかし、あまり大きな儲け話ではない。そんな小銭稼ぎよりも、幽霊屋敷の魔術師である俺との接点を深くすることを、リスクと捉《とら》えている節もあるな。だから、踏み込んではこない。

商人ギルドとしては、俺の開店については好意的というか無関心であり、邪魔するつもりもないということならば、むしろ安心だ。

その後もいくつか話をしてから、俺たちは商人ギルドを後にした。

俺としても、筋を通しておけば面倒になりにくいというだけなので、まあこんなものだろう。

●

アリエーフが魔術師として成長していく間に、クレーベルとシャフランも、メイドとして成長していった。屋敷のことをしっかりしつつも、販売所を開くための準備を手伝ってくれる。

彼女たちが来る前は幽霊屋敷と呼ばれていたこの家も、今では見事に手が入れられ、お客を迎えられるようになっていた。

もちろん、専門の庭師が整えていたような全盛期と比べるものではないが、何も知らない人間が見れば、今の屋敷はとても立派なものだろう。

色とりどりの花々とはいかないものの、お嬢様たちの感性で整えられた庭は見栄えも良く、門から屋敷までの間を見事につないでいる。

庭の雑草を除去するために、新しくマジックアイテムを作って対応したのだが、そういった物も売ってみようかとさえ思った。

元々取引をしていた商人のほうは、もう故郷で店を開いている。

約束通り、今でも商品の買い付けに訪れてくれているから、ありがたい。幸い、向こうでも俺のアイテムは十分な売れ行きがあるらしく、少しだが買い付けてくれる量も増えていた。

俺だけだったなら、その上でさらに販売所を開くのは難しかっただろう。

今はアリエーフが十分に力をつけ、アイテムの何割かをしっかりと作ることが出来るようになっていたため、増加にも対応できるようになったのだ。

いよいよ販売所を開くことになり、担当をはっきりと分けた。

家のことはシャフランを中心としてやってもらい、クレーベルが接客などの販売所関連を、アリエーフにはアイテム製作を手伝ってもらうことになった。

シャフランはメイドとしての実力をめきめきと上げており、俺たち四人が暮らす範囲の仕事についてはもう、ひとりでもこなせるようになっていた。

クレーベルは人当たりがよく明るいので、看板娘としてはぴったりだ。

俺やシャフランは、そんなに接客に向くタイプではないので、とても助かる。

アリエーフが製作できるようになったことで生産体制も整い、俺も少し余裕を持ちながら、アイテムを作ることが出来る。お陰で、新商品も増えそうだ。

そうして近づいた開店に備え、クレーベルが近くの町に宣伝に出てくれている。

「アイテムは、このくらいあれば足りるでしょうか……？」

アリエーフは、販売所となったホールに並べたアイテムを眺めながら言った。

「ああ。最初はそこまでお客が来るってこともないだろうしな」

新しい店というのは、なかなか難しいことが多い。生粋の商人ではないから、そこがわからなかった。同じく新規開店となったあの商人や、ギルド長からもいくつかアドバイスを受けたが、出来ているかは自信がない。特にこの屋敷は、町から距離があるしな。

行き来自体は簡単とはいえ、わざわざ足を伸ばしてまでとなるお客は少ないだろう。

アイテム自体の品質については自負があるが、それだけで大勢の人を集められると思っている訳でもない。

ただ、冒険者などの一部の人にとっては、俺のオリジナルアイテムは、けっこう人気があると聞く。そういった客層は、遠くても来てくれるのではないかという読みだ。

まあこの販売所は、俺のアイテムを使ってくれていた人々に、これからも届けたいというのがいちばんの主旨だ。店を広げて大儲けしようとか思っているわけではないので気楽だった。

もちろん儲かれば生活がよくなるのだから、それに越したことはないが。

一人暮らしの頃は、趣味もなく、マジックアイテム製作をしているだけという生活だった。

そのこともあって、さほど金を使わなかったので余裕があったが、さすがに四人分の生活費となると割とぎりぎりではある。

彼女たちは立場上、そこに文句を言うことはないだろうが、生活が豊かで困ることはない。

もちろん、店が上手くいかなかったとしても、リスクはあまりない。

まったく客が来なかったとしても、販売所は屋敷の中だ。そして店員はクレーベル。

手間はかかっているものの、アイテムの材料費以外には予算はかかっていないため、ダメージは小さいだろう。だめならすぐに販売所をやめてもいい。

そんなわけで、俺たちはいよいよ間近に迫った開店に備えるのだった。

●

いよいよオープンした販売所。

初日は俺もホールへと出て、少し様子を見ることにした。

販売を行うのはクレーベルにお願いしているが、商品の説明などは俺のほうが詳しくできるし、初日は話題もあって多少は忙しいかな、と思ったからだ。クレーベル自身が宣伝をしてくれたので、少しは反応があったという彼女の言葉を信じてもいる。

売れ行き自体は在庫や売り上げを見れば把握出来るが、実際に目にしたほうが、商売の感覚もつかみやすいだろう。なんと言っても、俺たちは素人なのだ。

ホールには少し工事を入れていて、店舗と露店の中間みたいな形で営業することになった。

簡易の棚には定番のアイテムが並び、カウンターの奥にもさらに、特殊用途のアイテムが並んでいる。元が広めに見える空間であるため、閉塞感はあまりないと思う。

屋敷の中に人を招くというのはセキュリティー的には心配もあるが、元々がパーティーなどで解放されていた屋敷だ。ホールや中庭と居住用の部屋はしっかり区切られており、地下の工房なども含め、そう簡単には侵入できないようになっているので、大きな問題はないだろう。

そんな訳でオープンさせてみると、もくろみ通り、やはり冒険者たちが最初に訪れてくれた。

十名ほどの冒険者らしき人々が、店へと入って来る。

「いらっしゃいませー」

クレーベルが声をかけると、冒険者たちがホールを見回した後で、商品を選びはじめる。

やはり、こういった形態は珍しいのだろうな。

俺のマジックアイテムの中には、一時的な筋力増強や敵の弱体化、使い切りの魔法などもあり、冒険の役に立つものが多いと思う。

効果や値段は魔術師の力量に依存するため、変わった効果のものや、強力な魔法はその分、手に入りにくい。

無論、戦場の最前線なり王都なりの、優秀な魔術師がいる場所へ行けば手に入る場合も多いが、地方にあたるこの町では、旅をしてまで品を探すのも大変だ。

力を試す。名声を得る。

冒険者が働く理由はそれぞれだが、上を目指すなら優秀なマジックアイテムは圧倒的に役に立つ。

しかし、地方では手に入るマジックアイテムの種類は限られるのだ。

そういった最前線からは離れているものの、俺は一応、この辺りでは随一の魔術師なので、気軽に移動できる範囲内でなら、この店は一番強力なマジックアイテムが手に入ると思う。

効果の大きさだけではなく、その種類においても、それなりに取りそろえていた。

そこは、俺の経験の長さが役に立っているな。

製作する専門分野がはっきりしている魔術師は多い。

そのほうが、極めたときの効果も高くなるからだ。しかし俺としては、いろいろと出来たほうが良いと思っている。

王都などの多くの魔術師が集まる場所ならいいが、魔術師がひとりしかいない地方なら、いろいろと出来たほうが重宝されるものだ。医者とかと同じだな。

地方ごとに有用なアイテムは違ってくるから、なにもかも出来る必要はない。

とはいえ、どんなものでも欲しい人は必ずいるので、出来るにこしたことはないのだ。

だからこそこうして、アイテムを買いに来てくれる冒険者がいるのだろう。

彼らは冷やかしではなく、ちゃんと俺のアイテムを買っていってくれた。

あの商人が離れた土地に行ってしまったから、しばらくは手に入らなかったと、冒険者も言ってくれた。だから来たのだと。

それこそが俺の心配だったから、素直に嬉しいな。

そうしてなかなかの滑り出しに満足しつつ、俺は接客をクレーベルに任せてホールを離れる。

呼ばれれば詳細な説明などもするが、あとはアイテムの補充などをして初日を過ごしたのだった。


結果からいうと、冒険者たち以外にも周辺の町から、俺のアイテムを必要としてくれている人が訪れてくれていた。

戦闘以外でも、マジックアイテムはいろいろと便利に使える。

たとえば料理のときなら、炎系のアイテムは重宝される。火をおこす必要がないしな。

俺のものは少し凝った作りにしているので、やや値が張る。完全に家庭用なら、町の商人から買ったほうがいいだろう。そのぶん冒険者相手には、野営などでは俺のアイテムがオススメとなる。

それでも俺のマジックアイテムは、ちゃんと買ってもらえたようだ。

マジックアイテムは、あまり大量生産はできない。

作る魔術師の腕もまちまちだ。購入するまで品質が分からないことが普通なので、俺が作ったと保証できるのも、この販売所の利点なのだろう。

この感触なら、品揃えも徐々に充実させていこうと思う。

客たちの話では、都会にしかないようなものも、けっこう要望が多かったからだ。

俺ならば、そういった商品も用意できる。

お客の希望で小まめに修正していけば、それなりに繁盛してくれそうだな。

そうして、説明などには俺も加わりつつ、基本的にはクレーベルに任せていく。

この様子だと、上手く軌道に乗せられるかもしれない。

あまり楽観視しすぎるのもよくないが、今日の売れ方だと、もっとアイテムを生産しないといけないぐらいだ。ここまでは、順調だといえるだろう。

もう少し時間が経って、客足が落ち着いたときからが勝負だろうな。

まあ、そんなに心配もしていないのだが。

●

営業時間が終わり、客たちが帰っていった。

オープン当日の忙しさが去ると、賑やかだったぶん、屋敷が静まりかえったようだった。

そのわずかな寂寥《せきりょう》感が、今は心地いい。

こんな充実した気分は、ここ何年も味わっていなかった。やってよかったな。

明日からはもっと忙しくなることを期待したい。

今日だけなのか、それとも夜が明ければまた、アイテムを求めて訪れてくれるのだろうか。

在りし日の姿とは違うだろうが、また多くの人が出入りして、この屋敷を賑やかにしてくれるといいと思う。前の主人とは違い、俺は人を集めて騒ぐのが好きなタイプではなかった。

しかし、今日のような生活も悪くないと気付いた。その変化の発端はたぶん、三姉妹なのだろう。

それがどのようなものであれ、自分にはない発想や暮らしぶり、違ったものの見方というのは、思わぬ発見をもたらしてくれる。

言葉を耳にした途端に振ってくる天啓もあれば、異質な視点がじんわりと内部で反響し、ある日実を結ぶこともある。魔術師としての俺を成長させる、そんな予感。

館の前の主人は、人を集めるためにあえて、この町外れに屋敷を建てた。

人を集めて騒ぐにもいいし、都会の人間が小旅行として訪れるにもいい場所だ。

対して俺は、人々から遠ざかるために、もはや持ち主のいなくなっていたこの屋敷を買った。

真逆ではあるが、屋敷はどちらの用途でも、問題なく役立ってくれている。

町の人々と共同体であることを強要しない距離感は、俺にとって心地いいものだった。

俺が王都を離れたのは、何か大きな事件があったからという訳ではない。

望めば変わらずそちらで暮らせただろうし、あるいは出世もできただろう。

単純に魔術師の力量として考えても、多くの優秀な野心ある人間たちに囲まれて、新たな刺激を受けることが自身を高めるのに有用であるというのはわかっている。

しかしあの場所は、厄介事を抱え込む集団でもあった。

切磋琢磨による向上と、余計なことに時間をとられることが、切り離せなかった。

それは、本当に俺に必要な環境なのだろうか。

王都で栄達することを、自分は求めているのか。

考えに考えた結果、俺は王都を去った。

ひとりになったこの屋敷での生活は、とても穏やかだった。

良くも悪くも孤独を楽しみ、王都に疲れていた俺は引き籠もっていった。

それを変えてくれたのが、彼女たち三姉妹なのだった。

●

複数の女性との同居など、あまり経験がない。だから、はじめはどうしたものかと思っていた三姉妹との生活だが、結果としては、彼女たちの頑張りによって素晴らしい状態になっている。

メイドとしての仕事だけでなく、店の接客やアイテムの増産などもうまくこなしている。

俺ひとりではありえなかったほど、可能性が広がった。

俺としても、同じ日々の繰り返しとは違う新しい刺激は悪くない。

もちろん気苦労は少し増えたが、そこも含めて、良いほうに向かっているような気がした。

平穏だけを求めて暮らすようになり、実際にそれで十分だった時期もあった。

しかし、俺の本質はただ静かな日々を楽しみ続けるようには、出来ていなかったのかもしれない。

贅沢なことだが、今はこの忙しい毎日をなによりも大切に思っていた。

いや、俺に限らず、誰だってなにかしらはそうなんだろう。平穏であれば慌ただしさが欲しくなり、忙しすぎれば穏やかな時間を願うものだ。

そして夜になり――。

販売所も上手くいきそうなので、これからのことをのんびりと考えていると、俺の部屋にシャフランが訪れた。

「お店もけっこう繁盛していて、よかったわね」

「ああ。それも、シャフランが屋敷のことを頑張ってくれるおかげだよ」

最初は家事が苦手だったシャフラン。しかし今の彼女はもう、なくてはならない存在だ。

屋敷内の家事はすべて、彼女が中心となってやってくれている。

実力的にも、メイドとしては姉妹で一番かもしれない。

「みんなだって、頑張ってるしね……」

少し恥ずかしそうに目をそらして言うシャフランは、とても可愛らしい。

つんとした態度も、この恥ずかしさのためなのだ。わがままお嬢様は、実はけっこう甘えん坊だった。付き合ってみて、それが分かるようになってきた。

彼女は俺の視線で思考に気づいたようで、ごまかすように言った。

「もうっ、さっさとご奉仕を始めるわよ！　そこに座って！」

メイドらしからぬものいいだが、とても丁寧な手つきで俺のズボンを脱がしてくる。

俺はそんな彼女の胸へと、手を伸ばした。

「あんっ、そんなに慌てるなんて。……溜まってるの？」

そう言いながらも、まんざらでもない様子のシャフランだった。身体で繋がってからは、どんどんえっちになってきているのも嬉しい。俺が何かするとすぐに欲求不満を疑われるが、実は自分がしたいのではないかと思う。

そんな彼女は胸を触られながらも、俺を脱がせていく。

メイド服の胸元から内側へと手を忍び込ませ、その柔らかおっぱいを直に触っていった。

「んっ……だめ……まだ準備が」

小さく声を漏らすシャフラン。

なめらかな肌と、むにゅっと形を変えるおっぱいの感触。

俺は無視して、そのまま双丘を揉んでいく。

「もうっ。おちんちんも、どんどん大きくなってるし……」

当然、そうしていれば興奮するわけで、肉竿に血が集まっていく。

「おちんちんが大きくなってくのって、なんだかすっごくえっちだよね……♥」

彼女は勃起していく肉竿を愛おしそうに撫でた。

少しくすぐったいような刺激に、肉棒がさらに膨らむ。

「ん、熱くなってる……」

彼女がきゅっと肉竿を握る。

小さな手が肉棒をつかんで、そのままきゅっきゅと扱いていく。

「今日も硬いおちんぽね♥　ん、すりすり……」

シャフランは手を動かしながら、勃起した肉竿をしごいてくる。その動きはどこか挿入を思わせ、お嬢様の奉仕の淫靡さを際立たせた。

背徳感と気持ちよさを味わいつつ、俺はおっぱいのほうも堪能していく。

「あんっ、んっ……」

メイド服をはだけさせ、より大胆に巨乳を生で揉んでいく。

柔らかく極上な触り心地を楽しんでいると、シャフランのほうも指に力がこもる。

「レストのこれを、ん、あたしの腿《もも》で、えいっ♪」

「おぉ……？」

正面から向かい合う形で、彼女の内腿にチンポが挟まれた。

肌にハリのある腿が、肉竿を両側から押さえ込んでいる。

「このまま腰を、んっ……」

シャフランは小さく腰を動かして、すべすべな内腿で肉竿を擦ってきた。

指ほどの繊細さはないものの、へこへこと腰を動かすシャフランの姿はエロくて興奮する。

「熱いおちんちんが、ん、あたしの肌を押し返して、んっ……」

彼女が腰を前後させると、肉竿が大胆にしごかれていく。

「あっ、これ、んんっ……♥」

反りかえった肉竿が、下着越しに彼女の割れ目を撫でていたようだ。

俺の亀頭にショーツの布地がこすれ、湿り気がその向こうにあるおまんこを感じさせる。

「あたしのあそこに、ん、おちんちんがすれてるね、んんぁ……♥」

甘い声を漏らしながらシャフランは、むしろ割れ目をチンポに押しつけてきた。

「はぁ……♥　ん、ふぅっ……いいかも」

俺の肉竿を使って、オナニーをしているかのようなシャフランの姿。

そのドスケベな様子と、肉棒を擦る感触を楽しんでいく。

「んぅっ……はぁ……♥　こんなに硬かったら、お姉ちゃんもアリェーフも夢中になっちゃうわね」

意地悪く笑うシャフランを眺めながら、俺は彼女の身体に触れていく。

「でも、シャフランがいちばん、これが好きみたいだとは思うよ」

実際に、誘ってくる回数も多い。

細い身体に手を這わせていくと、彼女はさらに感じていくようだった。

「んんっ、はぁ、そんなこと……ん、ふぅっ……♥」

さらに押しつけると下着から愛液がしみ出し、くちゅりと卑猥な音を立てる。

「ほらな。こんなに喜んでるし、入れてほしそうだ」

「レスト、ん、あぁっ……だめぇ♥」

素股で自分だけ感じている彼女。その潤んだ視線で、俺ももう我慢できなくなる。

「シャフラン」

名前を呼ぶと、そのままベッドへと押し倒した。

「あっ……♥」

そしてその勢いで、がばりと足を大きく開かせる。先程まで俺のチンポに擦りつけられていた割れ目は、下着越しでもはっきりと形がわかるほどだ。俺はその小さな下着を剥ぎ取った。

「あぅっ……」

濡れたおまんこが、メスのフェロモンを放ちながら現れる。

ぐいっと彼女の足を上げさせると、腰を突き出すような格好になる。無防備になったおまんこをこちらに差し出す淫らすぎる姿に、俺は導かれるように肉竿を突きつけた。

「んぅっ……♥　レストの、熱いのが、あっ……！」

慣れ親しんだ入口から、肉棒を彼女の膣内へと挿入していく。この瞬間が大好きだ。

濡れた襞《ひだ》が肉竿に絡みつきながら、奥へと俺を導いていった。

「あふっ、中に、ん、あぁっ……♥」

ぬぷり、ぬぷりと肉棒が膣内へと飲み込まれ、さっそく腰を動かし始める。

「あっ、ん、はぁっ！」

にゅるにゅるした膣襞が肉棒を擦り上げ、快感を無限に膨らませていく。

「んはぁっ♥　あっ、レスト、ん、ふぅっ、ああっ……♥」

足を大きく広げ、俺だけのおまんこを突き出している、最高にはしたないポーズ。

そんなシャフランを眺めながら、パンパンパンと腰を強く打ちつけていく。

「あぁっ♥　ん、はぁ、あぅっ……！」

嬌声をあげ、こちらを見上げる。赤い顔は羞恥によるものか、快楽によるものか。

「すごくエロくて、いい格好だな」

「そんなことっ……！　ん、はぁっ……！」

彼女は軽くこちらをにらむようにするが、膣内のほうは喜びで締めつけてきた。

俺はさらにペースを上げて腰を振っていく。

「あっ、んっ、はぁっ、あぅぅっ……♥」

思うまま膣内をかき回せば、彼女はすぐに表情を蕩けさせる。

快楽にゆるんだ顔もエロくて、俺の腰振りにも力が入る。

「んぁ、あ、ああっ！」

その興奮がピストンにも現れ、膣内を往復していく。

「んぅっ、あっ、レスト、そんなにされたら、あたし、んぁっ♥」

「そう言いながらも、おまんこを突き出してるぞ……もっと欲しいのか？」

彼女は答えず、腰を寄せて肉竿を深く飲み込んでいく。

「よし……このままいくぞ！」

「んぁ、ああっ♥　いちばん奥、んぁ、おちんぽで突かれて、あっあっあっ♥」

声を震わせて乱れていくシャフランへと、全力で腰を打ちつけていく。

「ああっ！　ん、はぁ、もう、イクッ！　ん、あぅっ♥」

とんとんとんと、子宮口に亀頭が当たる。こちらももう発射寸前だ。

「んぁ、あっあっあっ♥　イクッ、レスト、んぁ、ああっ！」

ラストスパートでペースを上げ、最後には押しつけるようにして奥を刺激した。

「んぅっ♥　奥、あたしの深いところに、レストのおちんぽが、あぁっ、イクッ、ん、イクイクッ、イックウウウゥゥウッ！」

「うぉ……絞られる！」

絶頂を迎えたシャフランの膣内がきゅっと収縮して、精液をねだるように蠢いた。

そのおまんこの締めつけに促されるまま、俺も射精する。

びゅく！　びゅくびゅく！　びゅるるるうっ！

「んはぁぁあっ♥　あっ、中に、熱いのいっぱい、んぅっ！　あたってるぅ……はぁぁ……」

子宮へと至近距離での射精を受けて、彼女がイキまくる。

うねる膣襞が、これでもかと精液を絞り取っていった。

自分でも驚くほどに長い射精。それがすべて膣奥へと飲み込まれていく。女体の神秘だな。

「んぁ♥　奥にいっぱい、ん、はぁっ……♥」

彼女も快感を味わい尽くして脱力していった。それでも膣内は、最後までしっかりと肉竿を締めつけている。俺も射精を終え、秘裂からそっと引き抜いた。

「あふっ、んぁ……♥」

亀頭と膣襞が最後にこすれ、シャフランが声を漏らす。

肉棒を咥え込んでいたおまんこが、混じり合った体液をこぼれさせているのがエロい。

俺は満足感に包まれながら、その光景を眺めていたのだった。

第四章　店の成功

店は想像していた範囲では最高の成功を収め、軌道に乗っていた。

予定より多くのアイテムを生産しなければいけなくなっていたが、アリエーフの成長も素晴らしく、問題なくアイテムを作ってくれている。

まだ、彼女自身の強みとなるような商品は作り出せていない。だからまだまだ独立するのは難しいだろうが、一般的なマジックアイテムについては、一人前と呼べるくらいになっていた。

クレーベルが店番を上手くこなし、シャフランが生活を支えてくれる。

そんな三人のおかげでアイテムの売り上げも伸びており、収入がけっこう増えていた。

元々、俺自身が金を使う趣味を持っていなかったこともあり、生活だけなら困ることはなかったが、今ではかなり余裕が出来ている。

彼女たちも、さすがに貴族令嬢としてとして自由に……とはいかないが、庶民の範疇であれば、気にせずお金が使えるような状態だ。

とはいえ、貴族の世界とは縁のなくなった彼女たちは、以前のような贅沢を望むかというと、そうでもないようだった。

だから変わったことといえば、夕食のおかずが一品増えたとか、そういうくらいのものだ。

あらためて言葉にすると、すごく平和だな……。

嬉しいことに、彼女たち自身も今はこの生活に慣れ、楽しんでくれているようだ。

だから俺も、そんな彼女たちとの暮らしを楽しんでいるのだった。

●

この屋敷には、元は使用人用だっただろう大きな浴場と、各部屋についている内風呂がある。

どちらも俺のマジックアイテムによって、水の汲み上げや湯沸かしを行っているので、薪を使って火加減を調整するような手間はない。つまりは、いつでも手軽に入ることが出来るのだ。

しかし、使えばもちろん汚れる。大浴場を毎日掃除するのは大変なので、基本的には自室の風呂を使っていた。ひとりずつ入るには、それで十分だ。

そもそも部屋にある風呂だって、俺が使っている主人用のものはだいぶ広いしな。俺の部屋は、かつての大商人の私室だ。

俺の風呂も、手入れ自体はシャフランたちにお願いしている。彼女たちには、自由に俺の部屋に出入りしていいと言ってある。

俺はいつも着替えまで用意され、いたれりつくせりの状態で風呂に入るのだ。

すると今日は、風呂の戸の向こうで動く影があった。

「レスト様」

「ああ、どうした？」

磨りガラスで姿はシルエットしか確認できないが、声をかけてきたのはアリェーフだろう。

「お背中を、お流ししようと思いまして」

そう言ってドアが開くと、タオルを巻いただけのアリェーフが入ってくる。

なぜか頭にはヘッドドレスがついたままだが、それはどんなときにもアリェーフの拘りらしい。

普段から背中を流してもらっているわけではないが、今日はいつもより少し、入浴の時間が遅い。

夜のご奉仕に部屋を訪れた彼女が、風呂に入っているのを見て……ということだろう。

「ああ、頼むよ」

せっかくなので、そのまま背中を流してもらうことにした。

椅子に腰掛け、彼女に背中を向ける。

「それでは、失礼しますね」

アリェーフは後ろから声をかけながら、石鹸を泡立て始める。

ほどなくして、泡まみれの手が俺の背中に触れてきた。

「んっ……」

彼女はゆっくりと、手を動かし始める。

泡まみれの小さな手が、背中を撫でるように洗っていった。

「しょっ、んんっ……」

泡だらけの手で背中を撫でられるのは、とても気持ちがいい。

少しくすぐったい感じが、また心地よかった。

「レスト様の背中、やっぱり広いですね」

「ああ、アリェーフは細いもんな」

三女でもある彼女は、特に小柄だ。そのため男である俺とは肩や背中の幅もかなり違う。

「なんだか、触れるだけドキドキしてしまいます……」

そう言いながら、背中を洗っていく彼女。

そうして俺の背中を泡まみれにすると、次は右腕のほうを洗っていった。

「腕も逞しくて、ちょっとゴツゴツしていて……男の人って感じがします」

魔術師である俺はインドア気味ではあるものの、素材集めなどで森に入ることもあるため、それなりに筋肉がついている。

そんな腕を、手を伸ばして洗っていくアリェーフ。

そうして徐々に腕の先へ。俺の手元へと動いていくと、背中に彼女の身体が密着する。

泡まみれの背中に彼女のおっぱいが、ぽよんっと当たった。

「ん、しょっ……」

気づいているのか、いないのか、彼女はそのまま胸を当てて俺の腕を洗っていく。

露骨に押しつけているわけではないから、柔らかさを十分に堪能できているというわけでもない。

しかし、ちょん、ちょんと乳首が当たるのもいい。むしろ背徳的なエロさを醸し出している。

「ふぅっ、ん……」

身を乗り出したので、おっぱいがむにゅっと背中に押しつけられる。

その感触と状況に、俺の肉竿に血が集まっていった。

「ん……指の先まで、しっかりと……」

アリェーフが、反対の腕にも手を伸ばす。

押しつけられていた胸が一度離れるのは、少し惜しい感じがした。

「次ぎはこっちの腕を……」

彼女は左腕側をまた、肩から下へと手で洗っていく。

泡まみれの手が腕を撫でるのは心地よく、先へと行くにつれて、再び背中に胸が押し当てられるのも素晴らしい。

「レスト様、んっ……」

彼女は手首までを洗ってから、そのまま俺の胸へと手の平を移動してきた。

「次は前のほうを、失礼しますね」

そうして彼女の手が俺の胸と、腹を洗っていく。

「ん、失礼します」

彼女は下腹部の辺りを洗うために、後ろから密着したままで身を乗り出してきた。

むにゅっ……と押しつけられるおっぱいの感触は、やはりとてもいい。

「あっ……♥」

そして下をのぞき込んだ彼女は、勃起竿を目にして小さく声をあげた。

そのまま背中側から俺に抱きつくようにして、耳元でささやいた。

「レスト様の……大事なところも、しっかり洗わないといけませんね……♥」

そう言ったアリエーフは、手を肉竿へと伸ばす。

泡まみれの指が、肉棒をきゅっと握った。湿った温かさがたまらない。

「ん、ここはいちばんしっかりと、しゅっしゅっ……」

声に合わせて、彼女が手を動かしていく。

泡まみれの小さな手。いつの間にか指で輪を作り、肉竿をしごくように愛撫する。

「ぬるぬる……しこしこ……♥」

これはもう、洗っているとは言えないな。

アリエーフは俺の耳元でささやきながら、しっかりと手コキを行っていく。

「泡で滑りがよくて、んっ……レスト様のガチガチのおちんぽ、ふぅ、喜んでますね……♥」

艶めかしい吐息を漏らすと、さらに速度を速めて手コキをしていく。処女を失ってからの彼女は、どんどん淫らになっていた。もともと一緒に過ごす時間が長かったので、距離感が近い。

「ん、この出っ張ったところを、なでなでー♪」

アリエーフの掌が亀頭をなで回していく。耳元での卑猥な言葉もいい。

「おちんぽ全体は血管が走ってるのに、このさきっぽはつるつるで、なんだか可愛いですよね……なでなで……きゅっきゅっ……」

言葉通りに、彼女の手が敏感な部分を的確に刺激する。アリエーフはとても要領がいいのだ。

泡で滑りがよくなっているためか、その手つきはいつも以上に積極的だ。

「出っ張ったところの、敏感な裏側もしっかりと……です♪　お任せ下さい♥」

「くぅ……」

彼女の指が、カリ裏を責めてくる。俺はされるがままだ。

「あっ♥　レスト様のおちんぽが、ビクってしました……すごく気持ちよさそうです♪」

アリエーフは楽しそうに言うと、さらに裏筋を刺激してくる。若さによる探究心旺盛だ。

「ぬるぬるのお手々で、根元のほうもしっかりと……しーこ、しーこ♪」

一方で先端や裏筋を擦りながら、もう片方の手で肉棒をしごいていく。

クレーベルはお姉さんらしくご奉仕が。シャフランは甘えたがりで、アリエーフはこうして俺のチンポを弄るのが好きだった。姉たちを喜ばせてくれるチンポに、自分も何かしたいらしい。

いつもそのこなれた動きに高めらてしまう俺は、どんどんと追い詰められていった。

「アリエーフ、もう……」

彼女は指先を鈴口に当て、我慢汁をぬぐった。そしてペロッと、それを舐めてしまう。

「ん、先っぽから、とろとろのお汁が出てますね……子種の準備も良さそうです♥」

そう言う最中も、片手では肉棒をしごいている。おっぱいは、ますます密着していた。

「なんだか、んっ♥　こうして後ろから抱きついて、レスト様のおちんぽをこするの、すごく興奮しちゃいますね……♥」

胸を押しつけながら耳元で言うアリエーフはとてもえっちで、それも俺を興奮させる。

柔らかな胸の感触と、ぬるぬるの指が肉竿をしごき上げていく気持ちよさ。女性からの奉仕を、全身で受けている気分になる。

「しーこ、しーこ、しこしこっ♥　もう、ぱんぱんですね。せーし……出ちゃいますか？」

俺の耳元で囁《ささや》きながら、手コキのペースを上げていく。

「うぁ……おお！」

気持ちよさを素直に声を出すと、彼女は少し息を荒くしながら肉竿をしごいていった。

「レスト様ぁ♥　レスト様のおちんぽ、ぬるぬるのお汁を出しながら、さきっぽが膨らんできてますよぉ……あっ♥　もう……しこしこしこっ！」

「アリエーフ、うっ……！」

「あぁ……♥　すごいです……おちんぽがこんなに張り詰めて♥　まだ大っきくなる……んっ、このまま私の手で、ぴゅっぴゅしてください♪　出るとこ見せてください、レスト様♥」

彼女はいつもより興奮した様子で、肉棒をしごき上げていく。

いつもは弟子としている女性に、射精を観察されるとは。そのおねだりで俺は限界を迎えた。

「あぁ、でるっ……！」

「しこしこっ♥　はい、もうガマンはだめです！　びゅー、びゅーって、お手々にどうぞ♪」

彼女の愛情たっぷりな手コキ。最後は手のひらマンコに包まれて俺は射精した。

「あっ♥　すごい勢い……♥　んっ……ああ……熱いです」

当然、アリエーフの指では包みきれず、先端から白濁があふれ出す。

すると指での扱きが再開され、精液が肉茎から絞り出されていった。

背中には、おっぱいの感触。胸を押しつけながらの手コキで、アリェーフも興奮しているというのが余計にエロい。射精の受け皿となった手のひらに、尿道から全ての精液が絞り出された。

「あぁ……♥」

彼女は扱いていた指の力を緩めて、肉竿を解放する。

俺は少しの間だけ射精の余韻に浸ると、彼女へと振り返った。アリェーフは俺の精液を自分の肌に塗りつけ、興奮した表情で見つめてくる。

「レスト様、んぁっ……♥」

膝立ちだった彼女の足の間へと、手を忍び込ませる。

くちゅり、と。お湯とは違う粘度の高い液体が、俺の指を濡らした。

俺はそのまま、彼女のおまんこをいじっていく。

「あっ♥　レスト様、んぁっ……♥」

アリェーフは膝立ちのまま、軽く足を広げるようにしてそれを受け入れた。

くちゅくちゅと卑猥な水音を立てながら、彼女の蜜壺を刺激する。

「あぁ……♥　ん、はぁっ……」

アリェーフは声を漏らしながら、愛撫を受けている。

「はぁ、ん、ふぅっ……♥」

おまんこはひくつきながら、俺の指を喜んで受け入れているようだった。

そのエロい姿に、当然こちらの昂ぶりも増していく。

「レスト様♥　ん、はぁ、あっ……♥」

彼女は俺の肩へと手を置き、身体をこちらへと傾けた。俺は彼女の膣内で指を動かしていく。

「んぅっ……ふぅ、んぁっ……♥」

裸の美少女が、おまんこを濡らしながら感じている。

けれどこのままでは、身体が冷えてしまうだろう。

俺はお湯で泡を流すと、彼女を抱えて湯船へと向かう。

そして浴槽に座って湯に浸かった自分の上に、彼女を抱えるようにした。

「レスト様、んっ……♥」

彼女は身体をこちらに向けた状態で、抱きつくようにしてくる。

対面座位となった彼女のお尻を支えるようにしながら、挿入位置を調整した。

勃起竿が、彼女の膣口を目指して反り返る。

「んんっ……♥　ふぅ、んぁ……」

アリエーフはそのまま、ゆっくりと腰を下ろしていく。

肉竿が入口に当たるとすぐに、そのままずるっと侵入していった。

「ああっ♥　ん、中に、んぅっ……！」

お湯よりも熱く感じられる、彼女の膣内。愛液をまとう膣襞《ちつひだ》が肉棒を奥へと導いていく。

「んぁ……あ、ああっ……！」

腰を下ろしたアリェーフが、俺を見つめる。発情し、潤んだ瞳だ。

そのエロさに昂ぶりを覚えると、彼女も同じだったようで、膣内がきゅっと肉棒を締めつけた。

「あっ、ん、ふぅっ……」

そのまま、アリェーフが腰を動かし始める。

ご奉仕メイドの膣襞が肉棒を擦り上げながら、上下していった。

「レスト様、ん、はぁ……ちゅっ……♥」

アリェーフが俺を見つめながら、キスをしてきた。

俺もキスを返し、彼女を抱きしめる。

「んむっ、れろっ……」

アリェーフはいつもキスを求めてくる。そうすると、膣内が喜ぶように肉棒に絡みつくのだ。

口を離すと、アリューフはうっとりとした表情になっていた。

「んっ♥　はぁ、あっ、んぅっ……」

俺に抱きつくようにしながら、アリェーフが腰を動かしていく。

「はぁ、ん、あぅっ！　私が……動きますね……ん、ああっ……♥」

浴室内ということもあって、いつもより嬌声が響く。

同時に、お湯がちゃぷちゃぷと音を立てながら波打ち、奉仕行為の卑猥さを引き立てていた。

彼女の大きな胸が、水面でたぷたぷと揺れているのもエロい。

俺はその光景を楽しみながら、快感に身を委ねるのだった。

「ああっ、レスト様、ん、はぁっ……！」

だんだんと腰振りの速度を上げていくアリエーフ。蠕動する膣襞が肉棒をしごき上げていく。

「はぁ、んふぅっ、んぁ……♥　さっきあんなに子種が出たのに……また硬く……ああっ♥」

嬌声を響かせながら身悶える。

「んんっ、あっ、は、あ、んぅっ……レスト様、んぁ、あっあっ♥　すごいです、おちんちんが、すごく反り返って……奥をごりごりって……あくっ……ふぁ、あああぁっ……」

しがみつきながら、腰を揺すってチンポを締めつけるアリエーフ。

俺はそんな彼女を、下からも突き上げていった。

「んはぁぁぁっ♥　だめですっ！　あっ、あああああっ！」

ぴくんと身体をのけぞらせる、その反応が嬉しい。

水面に波紋を立てながら揺れるおっぱの淫猥な光景に、俺はさらに身体を動かしていく。

「んあっ……♥　レスト様、ん、そんなに、あっ、おまんこズンズンされたら、私、ん、はぁっ、ああっ♥」

嬌声を抑えられず、どんどん乱れていく彼女。

大胆に腰を揺すって密着し、おまんこで肉棒をむさぼるように刺激してくる。

「あぁ……いいです……きもちいい」

俺も腰を動かし、彼女の蜜壺をかき回してやる。

「んはぁ、あっあっあっ♥　私、あっ、もう、イキますっ……！　ん、あぁ……♥」

俺も精液がこみ上げてくるのを感じて腰を引き寄せ、おまんこにチンポを捻り込む。

「あっ、ん、はぁ、ああっ……♥ レスト様ぁ……♥ んぁ、あ、イクッ、ん、んぁ、あっ♥ んはぁあぁあっ♥」

ついに絶頂を迎え、膣内が何度も収縮して肉棒を締めつけた。

うねる膣襞《ちつひだ》にしごきあげられながら、俺は滾る思いをぶつけていく。

「んぅっ♥ あっ、イッてるおまんこに、んぁ、おちんぽがまだ……ズンズン奥まで、あぁ、ん、はあぁ……♥」

「アリエーフ、いくぞ……！」

俺は腰を突き上げて、彼女の絶頂おまんこを突いていった。

「ああっ♥ 今出されたら、私、もうっ、んぁ、あっ♥ でも、でもほしいです！ 出してぇ♥」

「う、出るぞ……！」

どびゅっ、びゅるるるるるっ！

俺はぐっと腰を突き出すと、そのまま膣内で射精しながら抱きしめる。

「んぁ、熱いの、出されて、イクウゥウゥッ♥」

射精を受けて、彼女はさらにイッたようだ。

うねる膣襞が肉棒に吸いつくように蠢き、精液を搾りあげていく。

「あぁ……♥ 中に、ん、はぁ、レスト様の、せーえきが、んぁ……♥」

彼女の中に気持ちよく放っていくと、アリエーフもうっとりとしてそれをお腹で飲み込む。

「んぁ……♥　せーしが……さっきよりいっぱい出てますよね……レストさまぁ♥　姉様たちより先に……だったら、どうしますか♥」

身体をこちらへと預けてくるアリェーフが、放心しながらも悪戯っぽく微笑む。

俺はそんな彼女を愛しく思って受け止め、しばらくお湯の中で繋がっていたのだった。

●

店の噂はさらに広がっていった。

最近では、予想を超えるほどの客の入りだ。

アイテムそのものも、もちろんこの辺りでは一番良いものを用意出来る。だから、そこそこの自身はあったが、この繁盛の理由は意外な商品だった。

戦闘用のマジックアイテムに関しては、そこまで需要はない。それは俺もわかっていた。

そもそも強力なマジックアイテムが必要なのは、ダンジョン攻略や開拓の最前線となる土地だ。

完全にモンスターの支配下にある土地との隣接地域もそうだろう。

そういった場所を開拓していくために、上位の冒険者や魔術師たちは日夜腕を磨き、成長していく。マジックアイテムも、どんどん消費されるのだ。

そうして成功した彼らは、今度は名誉を求めて王都へと向かう。その結果、王都には最前線を引退した元一流の冒険者や魔術師が集まり、貴族のお抱えとなるわけだ。

だから王都には、使い道のない強力なマジックアイテムが飾ってあったりもする。そんなものを使うべきモンスターがいないので、本当にただの自慢用でしかないが、それも需要といえば需要だろう。しかし、この地域にそういった顧客はいない。

この店の主な顧客は近隣の冒険者たちだが、モンスター自体が強力ではないので、火力よりも戦闘での補助的な魔法や、生存率を上げる魔法に需要が偏っている。

それは俺にもわかっていたんだ。わかってはいたが……。

店で一番の売れ筋は、調理などに使われる魔法の器具になっていた。

煮る焼く炒めるに大活躍の竈代わりの「火炎テーブル」や、食品を冷やして保存できる「冷蔵収納」などが大人気だ。

それらはもちろん、これまでにも作られている。

主には王都にあり、貴族相手のマジックアイテムだった。

製造に手間とコストが掛かるし、どれも大型なので店頭で扱うようなものではない。とくに食品を保存する冷凍用のマジックアイテムは、家のような大きさになることもある。ある程度冷やすことは出来ても、それを安定して維持しておくのは難しい。どうしても魔法部分が大型になる。

だから、そもそも完成品を持ち運ぶことは、その重量からもとても出来ない。

だから普通は、どんな商人の店であっても取り扱いはなく、特注品となるのだ。

俺も貴族相手には作っていたが、店で扱うつもりは最近までなかった。

その気になったのは、三姉妹が家事でとても重宝し、俺に販売を勧めてきたからだ。

そしてアリエーフとの分業の中で、最近の俺にはひとつのアイデアも湧いていた。

マジックアイテムを効率よく作る。そのなかで、冷凍や加熱の仕組みを小型化できることがわかってきた。そうなると研究魂が湧き起こり、大型のマジックアイテムを弄りたくなる。

その結果が、家事に役立つマジックアイテムの小型化と低価格化だった。

冷凍収納などは、大きめの衣装ダンス程度にまで小さくなっている自信作だ
そして今、それが噂となって大盛況となっている。

俺はあくまで魔術師なので、商人としてのセンスはまるでなかったようだ。人々にとって、ここまで家事仕事の需要があったとは思わなかった。

そういった訳で俺の商品は、生活用マジックアイテムのほうが話題になっていった。

王都から離れたこの地域では、そもそもそういったマジックアイテムを製作している魔術師がいない。だからうちでしか手に入らないし、とにかく安い……ということのようだ。

そうした噂が広がると、行商人までもが店に訪れ、それらの買い付けにやってくるようになった。

王都で依頼するよりもずっといいし、輸送距離も少なくて良いことずくめだという。

俺のマジックアイテムなら運びやすいから、需要がある場所へと販売を広げられるというわけだ。

大半の魔術師は俺同様に商売というもの――というより社会自体に疎《うと》い。冒険者相手の派手なマジックアイテムばかりに注目し、こういった方向には努力しなかった。

だから俺のマジックアイテムは新発明であるかのように噂され、広がっていく。

俺自身だって、なりゆきで販売所などを始めなければ、これらを作ろうとか売って儲けようとは

考えもしなかっただろう。

しかし商人はその辺りが敏感だ。

そういったわけで俺は、いままでの商品製作はアリェーフに任せ、新しいジックアイテムの作成に追われることになった。

元々の主力商品だったマジックアイテムはもう、アリェーフが作れるようになっている。

まったく問題はないだろう。

とはいえ手間はかかる。

想定よりずっと忙しくなってしまったが、これまでのんびり過ごしてきたぶん、久々にちょっとした忙しさを感じてみるのも、悪くはなかった。

自分の店が流行ることを、喜ばないわけもない。

いつしか店は町中に知られ、彼女たち三姉妹――特に店に立つことが多いクレーベルは、美人の看板娘ということで話題になっていた。姉妹たちも楽しそうに働いている。

そうして賑わう店のために、俺はアイテム製作にいそしんでいくのだった。

●

今日の仕事に区切りをつけて軽くノビをしていると、店のほうに大きめな魔力の反応を感じ取った。

これは……魔術師か。それもかなりの実力者だ。

店に冒険者が訪れることはあるし、それだけでおかしいという訳ではない。

だが、なんとなく不穏なその気配が気になって、俺は店のほうへと顔を出すことにした。

工房から販売所へと、足早に移動する。

数名の客が商品を見ており、クレーベルが明るく接客を行っていた。

その中のひとりが、さっきの気配の持ち主だろう。

カウンターの裏側からチェックすると、その男はだいぶ軽装だった。

細身であることがよくわかり、その立ち姿からもモンスターとやり合うために鍛えている様子はなく、冒険者ではないようだ。

もちろん、店の客は冒険者ばかりではないし、それ自体はおかしなことではない。

しかしその男は店内を探るように見ており、怪しげな雰囲気がダダ漏れだ。

見る人が見れば窃盗犯に思うのかもしれないが、魔力が大きなことを考えると、敵情視察に来たどこかの魔術師なのだろう。

見たことがない服装だ。町の者ではなさそうだった。

俺も魔術師である関係上、町にいる魔術師ならば全員会ったことがある。

顔を合せたことがある程度で、親しく話すほどではないが、顔ぐらいはわかる。

少し注意し見ていたが、普通に店内を探っているだけのようだ。

それなら俺がすぐにどうこうすることも、声をかける必要もない。

ここそこと様子を探っているだけ。ということは、大きな商人の元で働いているお抱え魔術師だろうか。調査だけを言いつけられているような様子だ。

そういう視点で見ると、なかなかに魔力量も高く、魔法戦においてはちょっとした実力がありそうな感じだ。荒事ができないわけではないだろうから、油断は良くない。

マジックアイテム作成専門の魔術師としては、魔力も高いほうだろうな。

敵情視察に自ら来たのも、彼が雇い主にとって、そこそこ有能なポジションだからなのだろう。

こうして他の魔術師が探りを入れに来ることに、ちょっとした懐かしさを感じる。

出世を目指す王都の魔術師たちの間では、探り合いや相手の魔法を盗もうとすることなんて、よくある話だった。

当然その手段も、グレーなものが多い。

さすがに直接的に危害を加えるような真似は出来ないが、普通の通行人がなぜか、実験で出た廃棄物や走り書きのメモ用紙を拾っていくなんてことは、よくあるほうだ。

ライバルの魔術師が突然病に倒れ、工房の防犯魔術が使用済になっていた……なんてこともしょちゅうだ。

研究予算の奪い合いや、そのための派閥争いなども当たり前のことで、どんな噂を流されても、それをいちいち取り締まる人間などはいない。

研究だけに邁進する本物の魔術師はともかく、中央で権力を求める連中は、盤外戦にかまけてばかりだ。

それらに比べれば、ライバルの店を見に来て、場合によっては商品を買って調べてみるというのは可愛らしいものだし、なんら問題のない行為でもある。

いや、むしろ望ましい。褒めてやりたい。

それでも彼には後ろめたさがあるのか、挙動は怪しいままだった。

そんな怪しさのある魔術師の男を、俺はなんとはなしに眺めていた。

おそらく、今日は状況確認だけなのだろう。

であればあとは、クレーベルにからんだりしなければそれでいい。

その後も派手に動く気配はなかったため、俺はそのまま静観するのだった。

●

販売所の順調は続き、その評判の良さからか、商業ギルドに呼ばれて顔を出すことになった。

挨拶したときには、変わり者の魔術師が幽霊屋敷でちょっとした販売所を開く……程度に思っていただろうギルドだが、今や周辺地域にも知れ渡るようになっているからだろう。

ギルドに入ると、俺を待っていたのは何人もの人間で、中には知らない顔も多かった。

十数人に囲まれるなんてのは久々で、また決して好意的な態度の者だけでもないといった雰囲気がまた、どことなく懐かしさを感じさせる。王都ではいつもこんな感じだったな。

感覚が昔に戻りそうになり、それをなんとか抑えた。

ポケットの中で握ったマジックアイテムを手放す。そこまで警戒する必要はないだろう。

俺はもう王都で地位を争っていた魔術師ではないし、彼らと縄張り争いをするつもりもなければ、面倒だからと全員を力で従わせてやろうという気もないのだ。

適当に受け流して終わらせよう。そんなつもりで席に着く。

「よく来てくれましたね、レストさん」

最初に声をかけてきたのは、店を開くときにも話をした、この町のギルド長だ。

「最近は、ずいぶん調子がいいようですね。おめでとうございます」

「ああ、おかげさまで」

俺は言いながら、他の顔ぶれに視線を走らせる。

商業ギルドの上位メンバーや、この町でマジックアイテムを取り扱っている商人たち。またはその元で働く雇われ店長などだろう。七人ほどは知らない顔ぶれだった。

おそらくは近隣でマジックアイテムを取り扱っている人間や、大規模な商圏を持つ商人組織の地域担当者などだろう。

「レストさん。屋敷での販売は、工房で製作したアイテムをその場で売るだけのものだと聞いていたのですが、最近はだいぶ広い範囲で評判の店になっていますね」

「もの珍しさでしょうね。この辺りではあまり見ないマジックアイテムを扱っているので」

「確かに。なんでも、王都でしかないような、大型のものも取り扱っているとか」

そう言って探るような目を向けてくる。

「そうなんですが、だいぶ小さく出来たんですよ。それがよかったみたいです」

そう答えながらも、こちらは争う気はないのに、わざわざ反感を買わないように気を遣うのも面倒だなと、早くも思い始めていた。

そもそも、そういうどうでもいい人間同士のやりとりが面倒だからこそ、王都を離れてこっちに来ているわけだしな。

今日はメイドたちもついてきてくれている。というか、例の男のことがあったので、屋敷に残すことが不安だった。最近は買い物もひとりでは行かせていない。今は別室で待ってくれている。

そんなクレーベルたちが一緒にいなければ、さっさと席を立っていただろう。

「私は元々王都にいましたからね、そういったマジックアイテムも、よく知っています。でも、これほど売れるとは思っていませんでしたね」

言いながら俺は、全体を確認する。

こちらに敵対的な気配があるのは、全部で四名だ。いずれも知らない顔だった。

反対に、見知ったギルド幹部の中には、この集まり自体を面倒そうにしている者もいる。

その目は迷惑そうであり、俺に敵対的な者たちのほうに視線が向いていた。

どうやら、この部外者たちが俺を呼び出すように働きかけたようだな。

この町の商人たちは、それに否定的なようだ。

それが俺に対する好意なのか、単に自分たちが了承している商売に横槍を入れることへの面倒さなのかはわからない。

幽霊屋敷の魔術師とは関わりたくないという思いも、未だにあるかもしれない。

有名になりたいわけではないから、ほうっておいてくれれば、それでいいんだがな。

町の商人たちならともかく、余所者にこんな扱いを受けるのは腹立たしい。

「この商業ギルドに属していないのに、派手な商売をしているみたいだな」

そう口を開いたのは、やはり知らない顔だった。

それを見て、ギルド長も渋い顔をする。

「営業もかけていないし、注文されたものを作ってるだけなのに、そこまで派手か？」

俺は肩をすくめながら答えた。やれやれだ。

そしてギルド長に、「こいつは？」と目で確認をとる。

「隣町から来た方です。彼だって、このギルドとは関係ないんですけどね」

ギルド長が言う。

「ちっ……。この町のみならず、周辺にも手を伸ばして荒らすのだから、派手じゃないか？」

「この町のギルドには、事前に話をしたよ。他の町のことまでは知らん。こちらから品を送っているわけではないし、お客が選ぶことだ」

求められるから応えているだけで、俺からわざわざ他の町まで営業に行っている訳ではない。

強力なモンスターが徘徊している危険地帯でないとはいえ、冒険者でも行商人でもない人間が、わざわざ隣町までいくことは基本的にない。

ちょっと安い、ちょっと品質が良いといった程度で脚を伸ばすにはハードルが高い。となると、お客さんが隣町からも来てくれているというなら、感謝しないとな。

「そもそも、具体的になにかあったのか？　わざわざ他の町から口を出しに来る理由がわからんな」

相手をするのが面倒になって、そう続ける。

俺が作っているものは、品質はともかく機能的には王都なら普通に売っているようなものが多い。別に目新しくはないのだ。当然、俺の専売特許でもなければ、手の内が隠された秘伝の技術でもない。誰だって作っていいんだ。何が悪い？

技術力がない連中に合わせる意味はない。隠されてもいないのだから、単に努力すればいいだけだろう。

「結局のところ、どうしてほしいんだ？」

俺は隣町の商人に問いかける。

「なっ――――！」

商人は声を詰まらせ、こちらをにらみつける。

「客を奪われそうだからと、それだけで呼び出したのか？　自分のところで俺を雇いたいのか？　それとも、そっちの魔術師を鍛えてほしいのか？　わからんな。どうでもいい。わざわざ俺やこちらの町の人に時間をとらせて、何がしたかったんだ？」

大概な物言いだったが、ギルド長をはじめとした町の人々も同意してくれているようだ。

俺の機嫌を損ねるような展開にもマイナスの感情を抱いていたようで、頷いたり、睨むような反応を見せてくれていた。

元々、俺に許可を出した側である。

後から物言いを付けるのも体面がよろしくないから、呼び出しにも乗り気ではなかったようだ。

結局、余所者の商人は上手いこと言い返せずに、話し合いはお開きになるのだった。

おそらくは、評判となり勢いを増してきた俺を牽制しつつ、頭を下げさせるとか、何かしらの譲歩を引き出そうとか、つまらない了見だったのだろう。

しかし、ほぼノープランのまま呼び出したため、具体的にどうしたいかが定まっていなかった。

あるいは、俺がここまで強気に出るとは思っていなかったのだろうな。

商人たちは、マジックアイテム製作を行う魔術師のことはよく知っている。

自分が雇っているような、大人しいお抱え魔術師をイメージしていたはずだ。

自分が雇い主ではなくとも、誰もがそういったタイプであり、それなりの商人である自分には従うはずだと思っていたのだろう。

しかし俺は王都から移り住んできた、最前線にいた冒険者側の魔術師だ。

そういった、職業的な上下関係からくる殊勝さとは無縁だった。

むしろ呼び出されたことで、少し昔に近い――無鉄砲さまで呼び起こす結果となってしまった。

そこは反省だな……。俺もまだまだだ。

なんにせよ、俺としてはそんな連中に従う必要は感じない。

「レストさん、すみませんでした」

話し合いが終わったあとで、ギルド長が謝ってきた。

隣町の商人はさっさと帰ってしまったため、もうギルド内にはいない。

「最初の話では、周囲まで商圏が広がっていたので、近隣の商人としてご挨拶とか、話だけでもお聞きしたい……という感じだったのですが……」

ギルド長としては、親睦を深めるくらいのつもりでいたらしい。

彼らにしても、そこまで交流があるわけではないという。

だから、深くは考えずに話し合いの場を設けたらしい。

最近こそシャフランたちに買い物を頼んでいるものの、俺だってこの町には頻繁に来ていた。

最近では町の人がこちらの屋敷に来ることも増えているので、そうかしこまる気もないくらいには、関係が近くなっていたからな。

ギルドに呼ばれるくらいのことは、こちらもたいした手間でないから気軽に考えていた。

だから、ギルド長にはそこまで反感はない。

この流れなら、仕方ない部分はあるだろう
「皆さんとは、これからも変わらないお付き合いをお願いします。むしろ、何かあればまた言ってくださいね」

「ええ、ええ、ぜひに。レストさん」

俺の言葉に、ギルド長は安心したようにうなずいたのだった。

しばらくしたある夜、屋敷に侵入者があったことを防衛魔法が伝えてきた。

俺が仕掛けてある防衛魔法は、迎撃を行うのではなく、ひっそりと位置を特定するものだ。

魔術師の工房には侵入者を即座に攻撃するタイプの防衛魔法が多いが、ここは幽霊屋敷と呼ばれていた屋敷だ。侵入者だけではなく、町の子供が忍び込もうとする可能性があったからな。

いきなり攻撃するのはまずい、ということで、位置の特定か驚かすかで迷い、前者にしたのだった。後者の場合も、幽霊屋敷っぽくていいかもしれないとも思ったが、余計に子供たちに興味を持たれかねない。

ばれないように位置を特定し続けるだけなら、俺がいきなり現れて注意することで済む。

恐怖を呼び起こしつつも、幽霊ではなく持ち主の魔術師であるとわかるだろう。

俺はベッドを抜け出して、侵入者のほうへと向かっていく。

しかし侵入者は子供ではなく、魔術師のようだ。

隠そうとはしているものの、仕掛けの多い屋敷内だということもあり、見破るのはたやすい。

侵入者は、工房の中でも大型のアイテム製作を中心とした、地下室のほうへと向かっている。

アリェーフではなく、俺が作る特殊なアイテムはだいたいそちらだ。侵入者の行動としては妥当だが、まっすぐに地下に向かうあたり、下調べはしていたようだな。屋敷の構造をわかっている。

地下室には鍵がかかっているとはいえ、屋敷自体は昼間は店にも入れる。

だから建築物に詳しければ、地下室の予想をつけるくらいは出来るだろう。

町の子供なら注意するだけで追い返すが、魔術師となるとそうはいかない。

向こうも当然、注意されて素直に帰るようなこともないだろう。

侵入者が下へと進んでいくのを追うように、俺も地下工房へと進んでいく。

すでに消灯しており、月明かりくらいしか明かりのない屋敷内は薄暗い。今では外壁の蔦《つた》もなく、廊下も掃除してあるが、確かに以前の状態なら絶好のホラースポットだっただろうな。

俺自身は慣れたもので、その薄暗い中でも迷わず進むことができた。

しかし、侵入者は違う。

光量を抑えているらしいが、わずかなランプの明かりが見えた。

地下へ降りるための、鍵のかかったドアの前だ。

侵入者は、解錠のための魔法を使おうとしていた。

「おい」

俺が声をかけると、侵入者はこちらを振り向いた。

見たところ、以前に店にも訪れていた、あの怪しげな魔術師だった。

顔自体はよく覚えていなかったものの、体つきや魔力の流れには覚えがある。

「見つかったか……」

男はそう言うと、掌《てのひら》をこちらへと向けて魔法の準備を始める。

たしか、マジックアイテム専門の魔法使いにしては、腕に覚えがありそうな相手だったな。

しかし、決して冒険者というわけではないだろう。

予想どおり、魔術師はシンプルな火球の魔法をこちらへと放ってきた。

この魔法は威力はそれなりだが、発動が早い。

予想できないタイミングで使ったり、魔法に対応しなれていない人間相手であれば、十分に効果を発揮するだろう。

冒険者でもないだろうこの魔術師に戦闘の心得があるのは、おそらく喧嘩や揉め事の経験だろう。

そう言った場では、この魔法は脅威となる。

しかし、元は冒険者の俺からすれば、特に驚くことのない一般的な下級魔法だった。

俺は魔法でシールドを貼り、火球をかき消した。

「なんだとっ！」

魔術師はそれに驚き、一瞬動きが止まる。

本来ならその瞬間に反撃の魔法をたたき込んで終わるところだが、ここは屋敷内だ。

あまり強力で派手な魔法は使いたくない。

相手を圧倒する炎魔法を放てば、少なくともこの廊下の壁や天井は焦げるだろう。

工房への扉は特別製で頑丈になっているが、壁や床はそのままの普通の屋敷だ。

「少しは腕に自信があるみたいだが、もうわかっただろ？　やめておけ」

屋敷を傷つけるのは嫌だし、実力差を理解して諦めるなら逃がしてもいいか、という気になっていた。

こちらのほうが強いとわかれば、目の前の魔術師やその裏にいる商人も舐めた態度はとってこなくなるだろう。

降りかかる火の粉は払うし、相手を傷つけないように諭そうというほど寛容でもないが、絶対に追い詰めて消さないと気が済まない、というわけでもない。

二度と俺の前に現れないならどうでもいい。

そう思って帰るよう促してみたが、なまじ腕に覚えがあったためか、明確な実力差を前にしても負けを認めるつもりはないようだった。

「くそっ、もう一度！」

魔術師は再び、炎の魔法を放つ。今度は先程より威力の高いものが、三発飛んできた。

弱いモンスターや駆け出しの冒険者相手なら十分に脅威だろうが、中級冒険者なら問題ないといったレベルだ。

「仕方ない」

俺はその隙間を縫うように、魔力の塊を弾にして放った。

単なる衝撃波ではなく、自身の魔力を相手の体内に打ち込み、暴走させる弾丸だ。

相手の魔法抵抗力が、放った魔力より低くないと上手くはいかないため、普段はあまり使い道のない攻撃手段である。

この男のようにシンプルな火球を放つほうが攻撃力も高くなりやすいし、魔法への抵抗力があっても直撃すれば無傷とはいかない。

しかしそんな炎や氷の魔法と違い、周囲の壁を傷つけないという点では便利な攻撃だ。

俺は魔法弾を放ったあと、すぐにまたシールドを作り、着弾する炎魔法をかき消す。

魔術師のほうは、三つの魔法を放ったことで油断していた。

あるいはそれが全力の攻撃であり、素早く対応するだけの余力がなかったかだ。

「なっ……！」

放った火球の隙間から俺の魔法弾が迫ってくるのに、驚きの表情を浮かべているようだった。

防御は間に合わず、なんとか倒れ込むようにして魔法弾を回避した。

「くっ――」

しかし、とっさのことでそれが精一杯。

倒れ込んだ魔術師に、俺は再び魔法弾を放った。

起き上がる暇もなく、魔法が命中する。

「ぐぁ、ああっ……！」

俺の魔力が体内で暴走し、魔術師に大ダメージを与える。

魔力が内側から身体を損傷させ、魔術師は血を吐いて身体を痙攣させた。

抵抗する力を失った侵入者を魔法で拘束すると、俺は鍵を開けて工房の中へ入り、そこから素材運搬用の大きな袋を持ってくる。

そして拘束した侵入者をその中へと入れていった。

あまり良い気分ではないが、縛ってしまうと、他の素材とそう変わらないようにも見える。

これで今夜は、一段落だろう。

今回の件はおそらく、例の商人が関わっているだろうな。

口では言い負けたが、俺ならこの魔術師よりも弱く、従わせられると判断したからのことだろう。最初は店に探りを入れていたが、ギルド長を含めた話し合いのときに俺への敵対心が募ったに違いない。

ギルド長はその後、件の商人とは関わりをなくしていったらしい。

みっともない噂が広がったのか、隣町でも立場はあまりよくなくなっていったそうだ。

そのことでの焦りも、今回の侵入にはあったのかもしれない。

俺の工房からマジックアイテムの部品やレアな素材を盗みだし、それで逆転しようとでも思ったのだろう。

確かに、それなりの知識があれば作れるものもあるだろう。

そもそも俺が取り扱う商品の多くは、改良しているとはいえ王都に行けば近いものが手に入る。

そうでなくとも俺が普通に販売しているわけで、分解して調べれば構造を理解することも不可能ではない。だから、わざわざ忍び込む理由も、くわからないな。

それだけ焦っていたのだろうか。

とはいえ安易に真似しても、小型化のせいもあって制御は難しい。

似たような機能は出来ても、家庭で使うとなるとどうかな。

短期的にはいいかもしれないが、結局のところ責任問題となって落ちていく気がする。

ともあれ。

侵入してきた魔術師を倒したことで、向こうもそのやり方がダメだということに気づくだろう。黒幕である商人の屋敷にでも、倒した魔術師を転がそうかと思っていると、廊下のほうから足音が聞こえてくる。

「レストさん、なにかあったんですか？」

慌てたように駆けつけてきたのは、クレーベルだった。

明かりもつけずに暗いままの廊下でたたずむ俺を、心配そうに見ていた。

「ああ、すまんな、ちょっとバタバタして。もう大丈夫だよ」

俺は横に転がっていた、侵入者入りの袋を抱え上げる。

どうにも気分が冒険者時代に戻ってしまっているが、元貴族の女性に見せるのは気が引けるな。

しかしクレーベルからすれば、それは俺がいつも素材を入れている袋そのものなので、そこまで不思議には思わなかったようだ。中身が人間だとは気付いていない。

「急ぎのお仕事なんですか？」

「ああ。ちょっとこれを届けなきゃいけなくてな。すぐに戻る」

「何か準備したり、お手伝いしたほうがいいことはありますか？」

「いや、特にない。届けたらすぐに戻るから、先に寝ててくれ」

俺がそう言うと、クレーベルは素直にうなずいた。

「わかりました」

そんな彼女に見送られて、俺は隣町へと向かうのだった。

昏倒した魔術師を運搬しながら、目の前で直接商人に釘を刺すのと、メッセージを付けて庭に転がしておくのでは、どちらがより効果的だろうかと考えた。

直接のほうが意図は伝えやすいが、だからこそあえてそうしないのも、かえって不気味さが増すかもしれない。

場合によるだろうが、真っ正面から理屈をぶつけても納得するのは賢い人間だけだ。

こういった頭の悪い相手の場合、正論で殴るのは反感を生むだけ。

正しさは常には人を救わないし、受け取る度量がないと届かない。

対して、暴力や恐怖は確実に届けることができ、理性ではなく本能に訴えかけられる。

考えながら商人の屋敷に到着する。さて、どうするかな。

深い夜。

周囲は静まりかえっており、屋敷の中でも人が動く気配はない。

使用人たちも寝静まっているな。町中であり、夜通しの警戒などは必要ないので当然か。

俺はメッセージを付けた魔術師を、袋から出して庭に転がす。

そしてついでに、屋敷の中へと侵入することにした。

炎魔法で窓を溶かし、そこから入り込む。

貴族にせよ商人にせよ、屋敷の構造や家主の部屋がある位置は似通ってくる。

このサイズの屋敷なら間取りはこう、というパターンが存在する。

俺のようにおかしな使い方をしている人間もいないとは言わないが、権力が好きな人間は慣習を重んじるため、パターンから外れることはほぼない。

俺は予想通り、商人の寝室にたどりつく。

魔法で鍵を開こうとすると、当然それに対する防衛魔法もかかっていたが、警報なども含めて、より高位の魔法で解除していった。

部屋に入ると、商人はひとりで寝ていた。

俺は窓の鍵を開け、ベッド脇へと立つ。

そして商人をベッドから叩き落とした。

「わっ！」

驚きで目を覚ます商人を、手の届かない程度の位置で眺める。

「な、ひっ――――！」

俺の姿を目にし、息を飲む商人。

それをじっと眺める。

「あっ、あぁ……」

彼は尻餅をついたまま、後ずさっていく。俺が誰かは、もうわかっているだろう。

窓際へと寄る彼の後ろで、窓が開き、風が吹き込んだ。

カーテンが揺れ、月明かりがちらちらと陰る。

「ひっ……！」

商人が窓のほうを振り向き、俺がいた位置へと視線を戻す。

しかし、俺はもうそこにいない。

商人はドアのほうへと目を向けるが、閉じたままのドアは沈黙を保っている。

「ゆ、幽霊……？」

商人は恐怖に歯を鳴らしながら、壁に手をかけて立ち上がる。

そして俺の姿を探すが、見つけられない。

俺自身は魔法を使って天井に張りついているので、見つけたら見つけたでもっとびびることになるだろうが、わざわざ上を見る可能性はなさそうだ。それほど混乱している。

「だ、誰かッ！」

商人は大声を出しながら、部屋を出ていった。

騒ぎになれば、庭に転がっている魔術師もすぐに見つかるだろう。

俺は窓から屋敷の外へ出て、そのまま魔法で着地すると、屋敷を後にするのだった。


その後、その商人はだいぶ大人しくなったらしい。俺に手を出してくることもなくなった。

直接接することはもうなかったものの、伝え聞く噂によると、魔術師全般に恐怖を抱くようになっているらしく、隣町で雇れていた魔術師たちは境遇が改善したらしい。

その筆頭となる魔術師も、なぜか雇い主に同調するように周囲に対して丁寧に接するようになったそうだ。

●

マジックアイテムの材料を採るため、今日は森に入ることにしていた。

「レスト様、私もついていってよろしいでしょうか？」

アリェーフが、そんな俺の側に来て言った。

素材を取りにいくということで、魔術師になった彼女も興味を持ったのだろう。

「ああ、そうだな。今日は、アリェーフがひとりでは行かないほうがいいエリアまで足をのばすつもりだけど、俺が一緒なら大丈夫だろう」

むしろ、入ってはいけないエリアについて説明する、いい機会かもしれない。

まあ、安全なエリアであっても今のところは、彼女ひとりで素材を取りに行かせることはしないが……。

ただ知識として、基本的な薬草とそれによく似ているだけの雑草の違いだとか、毒消し草は存外高いところに生えている、というのようなことを感じ取るのはいいことだろう。

さっそく準備をして、俺たちは森へと入っていくことにした。

「アリェーフは、この森もまだあまりなじみがないよな？」

「はい。町へ買い物に行くときは、道を進むだけなので」

「ああ。これからも道を使ってくれ。近道であっても、あまり迂闊に森へは入らないようにな」

並んで歩きながら、そう話す。

「一応、この辺りはモンスターもあまり出ないが、そうはいっても絶対じゃない」

「はい」

アリェーフは素直にうなずく。

彼女自身はモンスターとの戦闘経験はないだろうし、無理にそれをする必要はない。

これといった戦闘技術がなくても、戦闘用のマジックアイテムを使えば、この辺りでは大丈夫だ。

しかし、実際にモンスターと向き合って冷静に対処できるかは、また別である。

備えがあっても、襲いかかってくるモンスターの迫力に恐れをなしてしまうというのは、よくあることだ。そこは経験で乗り越えていくしかない。

しかし町側を進む限りは、モンスターと相対することはないだろう。

俺が素材集めを行うのは、元々それなりにモンスター狩りに慣れているからだしな。

魔術師として成り上がろうとしていた頃には、その一環として、モンスターを相手取ることも多かった。

まだ若く、能力に自信はあっても、立場や金はなかった。

そんな駆け出し魔術師にとって、素材集めは自分で行うのが一番の近道だ。

魔術を高めるのに有効な手段。それは自分で討伐し、そのモンスターの素材で作られたアイテムで武装していくこと。

そして、より高い魔力を持つモンスターを倒すことでさらに体得していく、魔術のコツがある。

実際、前線の冒険者にはそんな魔術師が多い。

そうして魔術の探究のために。

あるいは名誉や金のためにモンスターを狩り、実力に合わせて前線へと向かい——そこで生き残った人間が、それまでの成果に応じた余生を過ごすのだ。

俺はそこからは、自由を求めた。

だから王都は離れたが、元はそういった荒事に飛び込んでいた魔術師なのだ。

貴族のお抱えでもない今、素材は直接手に入れるのが早いし確実だということで、こうして時折山にも入っている。

しかし、最初からアイテム製作を専門に考え、商人のお抱えになるタイプの魔術師は自ら材料を拾いに出ることはまずない。

今や様々なマジックアイテムが生活に根付き、普及している時代だ。

すべての魔術師が名を上げようと冒険に出るわけでも、魔術の深淵を覗こうと研究にいそしむわけでもない。

ちょっとしたスキルで普通に仕事をするというスタイルも、よく見られるものになっていた。

そう言った生き方が出来るなら、それでなんの問題もない。

俺はアリエーフに対しても、そう言った新時代の、市民権を得てきたスタイルで活動出来たほうがいいと考えている。荒事は必要ない。

元々令嬢である彼女が、モンスターの返り血にまみれながら素材を集める必要はないだろう。

無論、彼女がより魔術にのめり込む中で、そうでない道を選びたいというのであれば、旧時代の魔術師としてその姿勢を好ましく思い、手助けをすることは厭《いと》わないつもりだ。

そうして俺たちは、腰よりは低い程度の雑草が生い茂る森の中で薬草などを集めていく。

「レスト様、この辺りは、結構素材にあふれているのですね」

「ああ。他にわざわざ、この辺りで素材を集めようって人間もいないしな」

ごく初歩的な薬草については、小遣い稼ぎで摘んでいく者もいるが、マジックアイテムの生成に使うようなものは手つかずのままだ。おそらくは、知られてさえいないだろう。

この辺りの魔術師は商人のお抱えであり、自ら素材を集めることはない。

材料さえも商人が買い付けてきて、それを使って決まったアイテムを作るスタイルだ。

わざわざ町の近くで必要なものを集めるようなことはせず、冒険者ギルドなどとも契約を行い、様々な素材をひとまとめにやりとりしている。

「実際問題、規模が大きくなっていくと、材料の調達は人に任せたほうがいい場面も多くなってくるだろうしな」

俺はちょこちょこアレンジしているので、そういったマジックアイテムよりは素材が複雑だ。

全盛期を過ぎているとはいえ、この辺りの冒険者よりは戦闘力も高いだろう。

そのこともあって自分で集めるほうが早いのだが、この先も店を拡大していくとなると、変わってくるだろう。アリェーフには、無理のない方法も学ばせたい。

それぐらい、ここ最近の俺たちの店は名前を挙げ、目立ってきている。

少し前までの俺ならば、こういった目立ち方は嫌っていた。

表舞台に出るようなことは、あまり望むものではなかった。

しかし彼女たちと過ごすうちに、その考えは少しずつ変わっている。

自分ひとりではなくなったことで、彼女たちを通して、外部へと向き合うのもいいかもしれないと思うようになっていた。

こうして弟子を持つなんて、考えもしなかったのにな。

しばらくそうしてふたりで仕事を続け、比較手入手が簡単な薬草系素材を集める。

アリエーフに説明しながら集めていくのも楽しかった。

「これまでは工房でしか見たことありませんでしたが、こうして自然にある中だと、間違えそうなものも多いんですね」

「ああ。似ている他の草との違いを把握しておくと、何かの間違いで混ざったときにも判別できるから、自分で採取に来なくても覚えておくのはいいと思う」

製作中であれば、素材を元に魔力を通して効果を付与していくので、厳密にはそのときの感覚で気づくことも多い。だが、気づかなければ大変だ。

いざ魔法を使う段になるとそちらに集中してしまい、違和感を逃してしまう可能性もある。

知識と魔力の感覚で、二重チェックできるにこしたことはない。

「実際に外へ出て学ぶことって、多いですね」

「ああ。魔術師はどうしても室内で研究することが多くなるが、たまには外へ出てみるのもいいかもな」

もちろん、室内での研究が基本にあり、そちらをおろそかにしてはいけない。

けれど研究のために外へ出る、というのは十分に意味のあることだ。

俺たちはそうして、素材集めを行ったのだった。

●

店が話題になるにつれ、急がしさは増していく。

しかし三姉妹の力量も上がっているので、なんとか余裕も維持できていた。

新しいマジックアイテムが周辺地域で話題になったことで、俺は貴族の間でも注目を集めているようだ。それを聞いても、昔ほど嫌な気はしなかった。

今日は、本来なら依頼など絶対に来ない程度には遠い——ここからかなりの距離にある地域から、子爵が俺の元を訪れて来てくれた。実は、王都時代の知り合いでもある。

しかし、用件は製作の依頼ではなかった。くすぐったくなるような昔話をしにきただけだ……というのがなんとも落ち着かないが、それもそうだろう。

彼自身はお抱えの魔術師もいるし、日常的なアイテムはそちらでまかなえる。

特殊なアイテムだというならわかるが、今回は本当にただ、俺に会いに来ただけらしい。

幽霊を見に来た、などと言って笑っていたが、まあ無理もないか。

隠遁してからの俺は細々と、昔から関わりのあった貴族からの依頼だけを受けていた。あとは知っての通り、細かなアイテム製作で食いつないでいる。

そういったしがらみが多少はあっても、俺は表舞台から離れた身だ。

何の失敗も問題もなく、ただ王都を離れる人間というのはいないため、姿を見なくなったとあれば普通は、落ちぶれて消えたか死んだかといったところだ。

そこに今更ながら、何やら面白い噂が流れてきて、それがどうも数年前に消えたはずの魔術師だとなれば、子爵にとっては暇を潰すにはいい題材でもある。

というわけで、久々に再会した子爵と話をしたのだが、それほどまでに噂が王都にまで広がっているのだなぁ……と、あらためて思ったのだった。

俺が考えるよりもマジックアイテムは話題になり、評判が広がっている。

確かに、これまでは王都やその付近でしか手に入らなかったマジックアイテムに手が届くとなれば、そういうものなのかもしれないな。しかも、より安価で高性能だ。

子爵とは穏やかに会見が終わり、旧交を温めあった。とはいえ、一方的に子爵だけが楽しんで帰った気もするな。まあいいが。

夜には四人で夕食をとり、子爵の話を三姉妹にもしてから、のんびりと部屋に戻った。

明日もまた、需要の伸びたマジックアイテムの作成を行うだろう。

その前に、まずは英気を養いたい。いつもならそろそろだが……。

「レストさん、夜のご奉仕にまいりました♪」

「いま開ける」

ドアを開けると、そこにはクレーベルとシャフランがいた。

ふたりで、というのは珍しいな。

「たまには、こういうのもいいでしょ？」

シャフランがそう言って、部屋に入ってくる。

「ああ、そうだな」

いつも最高に満足させられている、美女メイドからのご奉仕。

それがふたりがかりとは……男としては夢のような状況だろう。

無論、断る理由もない。

俺は彼女たちとベッドへと向かう。

「一緒にご奉仕だと、普段とは違うことが出来ますからね♪」

そう言いながら、クレーベルが俺のズボンへと手をかけてきた。

「レスト」

そして俺の後ろからは、シャフランが抱きついてくる。

彼女の大きな胸が、俺の背中に柔らかく押し当てられた。

意識は当然、その魅惑の膨らみへと向かう。

「あっ、レストさんのここ、膨らんできてます……♥」

ズボンを脱がせたクレーベルが、股間の膨らみへと顔を寄せてくる。

そして下着越しに、肉竿をつかんだ。

「ん、こうすると手の中で、ぐんぐん大きくなってきますね」

「おっぱいを押し当てられて、えっちなスイッチが入ったみたいね」

抱きついているシャフランが耳元で言った。

「パンツの中で苦しそうにしているこれ、いま解放して差し上げますね♪」

そうして、クレーベルが俺の下着に手をかける。

そのまま下着がズリ下ろされ、勃起竿が跳ねながら彼女の頬を打った。

「あんっ♥　元気なおちんぽ……♥」

「レストのここは、本当に元気よね」

チンポに頬を打たれたクレーベルがうっとりと言って、シャフランも楽しそうだ。

「おっぱいを当てられて脱がされるだけで、こんなにビンビンにしちゃって……」

シャフランはそう言いながら、胸を擦りつけるように俺の後ろで動いた。

柔らかなおっぱいの感触もそうだが、そうして動くシャフランのスケベさも俺を興奮させていく。

「ふふっ、そんなレストさんに、今日もお胸でご奉仕しますね」

そう言ってクレーベルが俺をベッドへと押し倒そうとし、息を合わせたシャフランが後ろからどいた。

そのままベッドへと腰掛けると、ふたりの美女メイドが胸元をはだけさせる。

元々、谷間がしっかりと見えてしまうような露出度の高い衣服だ。

すぐにたゆんっ、たぷんっと揺れながら、彼女たちのたわわな双丘があらわになる。

その光景に思わず見とれると、姉妹そろって迫ってきた。

「さ、レストさん」

「あたしたちのおっぱいで、このガチガチおちんぽ、いっぱい気持ちよくしてあげる♪」

彼女たちは自らの胸を持ち上げてアピールするようにしながら、俺の股間へと迫る。

むにゅんっ。

そしてその柔らかな胸が、俺の肉竿を包み込んだ。

左右からふたりが迫り、双丘が肉棒に押しつけられる。

柔らかな気持ちよさと、ふたりの美女が胸を寄せ合っているエロい光景。

思わず見とれていると、彼女たちがその胸をさらに寄せた。

「んっ……♥　熱いおちんぽが、胸を押し返してきてます」

「本当、硬いのが胸をぐいぐい押してくるわね。えいっ」

シャフランがむぎゅっと胸を寄せて、肉竿を刺激する。

ふたりがかりであるため、押しつけられる乳肉に強弱がつき、それが独特の心地よさを生んでいた。

「レストさん、ん、しょっ……」

クレーベルが、寄せた胸を優しく動かし始める。

柔らかな乳房が肉竿を包み込みながら動き、気持ちがいい。

「ちょっとお姉ちゃん、んっ……♥」

クレーベルがその爆乳を動かすと、シャフランが色っぽい声を漏らした。

彼女のたちの胸は互いに押しつけ合い、柔らかく形を変えている。

その光景だけでも素晴らしいものだが、そんなふたりのおっぱいに肉棒を包み込まれているのだ。

エロい光景と気持ちよさに、気持ちが高まっていく。

「ほら、シャフランちゃんも、ちゃんとご奉仕してください」

「わ、わかってるわよ……ん、えいっ」

押し付け合いながらそれぞれに胸を動かし、肉棒を刺激してくる美人姉妹。

「レスト、ん、どう……？」

「ああ、すごくいいぞ」

胸を動かしながら聞いてきたシャフランに、素直に答える。

「それじゃあ、もっと動いちゃいますね、えいっ♪」

そしてクレーベルが、その爆乳をさらに弾ませた。

「あんっ、ん、お姉ちゃん、さっきからそれ、あたしの胸も、んっ……♥」

クレーベルの大胆なパイズリは、正面にいるシャフランのおっぱいも刺激していく。

「シャフランちゃんの乳首、立ってますね。わたしの胸にこりっとしたのが、ふふっ」

「んんっ、も、もうお姉ちゃん、わざと、あっ♥」

クレーベルが胸を揺らしていくと、シャフランが可愛らしい声をあげる。

美人姉妹がおっぱいを押しつけ合って刺激しているシチュエーションは、ものすごくエロくていいな……。

そんなことを思って見とれているが、そんなふたりのおっぱいに包まれた肉竿には、柔らかな刺激が与え続けられている。

絶景を見ながらのダブルパイズリご奉仕で、気持ちよくなっていった。

「ふふっ、レストさんのおちんぽにご奉仕するのも、気持ちよくなっちゃってるシャフランちゃんを見るのも、どっちもいいですね♪」

ご機嫌な様子で胸を動かしていくクレーベル。

胸を左右から寄せるようにしながら、ひたすら擦りつける。

むにゅぅぅっと肉竿を絞るようにしながら動く乳房の、柔らかくも大胆な刺激で肉棒が跳ねる。

そしてクレーベルの動きは、正面で胸を寄せているシャフランをも刺激している。

「あぅっ、んっ♥　あたしだって、えいっ！」

お返しとばかりに、シャフランも胸を突き出すようにしながら上下に揺らした。

「んぁっ♥」

クレーベルが甘い声をあげる。

「ん、ふぅっ……もっとやっちゃうからね。んっ♪」

ふたりが俺のチンポを挟んで、競い合うように胸を動かしていく。

おっぱいの愛撫でじゃれ合う、微笑ましいようでドスケベな姿と、乳房の気持ちよさに浸っていくのが楽しい。

「ん、しょっ、えいっ……♪」

「あたしも、ん、えいえいっ！」

ふたりが胸を揺らしていく。

柔らかなおっぱいが心地よい乳圧をかけながら動き、肉棒を擦っていった。

「ん、ああっ♥　そこ、んぅっ……」

「お姉ちゃ、んぁっ！」

彼女たちも互いのおっぱいを擦りつけ合って、感じているようだ。

大きな胸が歪んでいく様子はとてもエロく、俺はそんなふたりを見ながら肉竿を愛撫されて高まっていく。

「ん、おちんぽの先から、先走りが出てきて、んっ……♥」

「ぬるぬるのおかげで、おっぱい動かしやすくなったわね。ほらぁ……♥」

「うぁ……」

彼女たちがその巨乳をますます揺らし、肉竿を包み込みながら絞っていく。

その気持ちよさに、俺はもう出してしまいそうだった。

「ふたりとも……」

俺が声をかけると、その声色と、おっぱいに挟み込んでいるチンポの様子から、彼女たちはすぐに察したようだ。

「ん、いいですよ……このまま、わたしたちのおっぱいで」

「気持ちよくなって、白いの、いっぱい出しちゃいなさい、ほらっ♥」

「おぉ……」

彼女ちはさらに大胆に、そのたわわな双丘を揺らしていく。

「ん、しょっ、えいっ！」

「あん、お姉ちゃんってば……あたしもえいえいっ♥」

ふたりのパイズリ奉仕で、俺は絶頂へと近づいていった。

「ああ、もうっ……出そうだ」

「ん、はぁっ、あっ、んんっ……♥　いいですよ♥」

「ふぅ、ん、はぁ、あっ……出しちゃいなさい♥」

姉妹のダブルパイズリで、限界まで追い詰められていく。

寄せ合う胸がいやらしく密着しながら、俺の肉棒をしごき上げる。

「う、出るぞっ……！」

俺はそのまま、綺麗な乳房の中で遠慮なく射精した。

「わっ、精液、飛び出してきました……♥」

「おちんぽがビクビク震えて、んんっ……♥」

彼女たちの作る谷間から、白濁が吹きあがる。

むぎゅっとおっぱいに挟まれながらの射精は気持ちよすぎて、俺は脱力していった。

ふたりの美女から、豪華なパイズリご奉仕を受けるのは最高だった。

おっぱいもやはり素晴らしいが、美女が身体を寄せ合っている姿というのがとにかく興奮する。

もっともっと、今夜は三人でのセックスを楽しみたい。

俺は彼女たちをベッドへと押し倒した。

「あんっ♥」

「きゃっ」

ふたりは声をあげつつ、ベッドへと横たわる。

「……こんなに出したばかりなのに、もう盛ってるの？」

そう言ってこちらを見上げるシャフラン。

彼女の目が、俺の勃起竿へと向く。それは軽蔑ではなく、淫らなお誘いの視線だった。

「あっ……♥　まだおちんぽ、そんなにビンビンなんだ……。いっぱい出したのに、本当に元気なんだから……♥」

「ああ。えっちな姉妹を見ていたら、ぜんぜん収まらなくてな」

「ふ、ふうん……。まあ、ご主人様の性欲を解消するのも、メイドのお仕事だしね。仕方ないなぁ。今度はどこで気持ちよくなりたいの？　えっちなご主人様は」

メイドらしからぬその挑発も、俺の興奮を高める。

言いながらも、自分をアピールするように足を広げていくシャフランだった。

スカートの内側が見え、女の子の大事な場所を守る小さな布が露出する。

「レストさん、わたしのほうも、もう準備はバッチリですよ？」

そう言って、クレーベルもミニスカートをたくし上げた。

いつの間にか、彼女のほうは下着を脱いでいたようで、まくりあげられたスカートの中ではピンク色のアソコが丸見えになっていた。

「おぉ……それじゃ、シャフランちゃんにですか？　えいっ！」

「シャフランちゃんはクレーベルはシャフランに覆い被さってくれ」

「あっ、お姉ちゃん……」

戸惑いを見せた割には素早く従い、仰向けなシャフランに覆い被さるクレーベル。

美女が美女を襲うような光景は、とてもエロくていい。

俺はシャフランの下着も脱がせてしまう。これで両方とも丸見えだ。

スカートからチラチラと、美女ふたりのおまんこが見えるのは素晴らしい。

どちらも濡れながらこちらへと差し出されているので、オスの本能が最高に刺激された。

俺はそんなふたりのおまんこへと、肉竿を向けていく。

一度は出したが、まったく衰える気がしない。このおまんこがどちらも気持ちいいことを、俺のチンポは知っているのだ。

そしてまずは、上にいるクレーベルの膣口へと肉竿をあてがう。

「レストさん、ん、ああっ！」

そのまま腰を進め、姉のおまんこに挿入した。

「ん、はぁっ……♥」

熱い膣内が肉棒を迎え入れる。やはり深い。すごく安心する温かさだ。

「あぅっ、ん、あぁ……」

濡れた蜜壺が肉竿を締めつけて、刺激してくる。

クレーベルへの挿入は、キツさも濡れ具合もいつも完璧だ。俺の形に、もっとも馴染んでいる。

シャフランのエロい顔も見ながら、姉妹を同時に抱く感動と共に腰を動かし始めた。

「あっ、ん、はぁ、あふっ♥」

クレーベルが喘ぎ、小さく身体を揺らす。突いているのは姉なのに、見えるのは妹の顔。

身体の下ではシャフランが、濡れたおまんこをさらしたままだ。

俺は何度か腰を振ると、一度クレーベルの膣内から肉竿を引き抜いた。

「あんっ……♥」

そして次は、シャフランのおまんこへと挿入する。

「んくっ♥　あっ、急にそんな、んぅっ……」

クレーベルにのしかかられてこちらがよく見えない彼女は、入ってきた肉竿に驚きの声をあげる。

しかしおまんこのほうはすでに準備万端で、俺の肉竿をしっかりと咥え込んでいた。

膣襞《ちつひだ》がぴっちりと密着して吸いつく。キツさはシャフランが上だろうか。

往復にも抵抗が強いが、気持ちよさは甲乙つけがたかった。

俺はその気持ちいい膣内を行き来して楽しむ。

「んぁ、はぁっ、ん、ああっ♥」

シャフランが嬌声をあげていく。

俺は腰を振り、姉妹の身体を同時に揺すっていく。まるで、ふたり一緒に突いているようだ。

「んんっ、あっ、レスト、んぅっ……♥」

そして肉竿を引き抜くと、再びクレーベルへ。

「んはぁっ！　レストさんのおちんぽ、また入ってきて、んぁっ！」

膣内は待ちわびていたとばかりに、俺の肉竿を再び締めつけていく。先程よりキツいかもしれないな。やはり、姉妹のおまんこは少し似ている。

「んぁ、あっ、ん、はぁっ！」

俺は代わる代わる、そんなふたりの膣内を味わっていった。

「んぁ、あっあっ、ん、くぅっ！」

「あぁっ、おちんぽ、ズブズブ突いてきて、ん、はぁっ……！」

令嬢姉妹のおまんこを同時に味わう、贅沢なプレイだ。

その気持ちよさと豪華なシチュエーションに昂ぶりを覚える。

「あふっ、ん、お姉ちゃん、あたしもう……んぁっ……」

「ああっ♥　そんなに、ん、奥を突かれると、ああっ……♥」

身体を重ねる姉妹が嬌声をあげて感じていくのを見ながら、さらに腰を振っていく。

「はぁ、ん、はぁ、ふぅっ！」

「んんっ、あっあっあっ♥」

だんだんと彼女たちの反応も大胆になり、高まっているのがわかる。

俺はふたりのおまんこが昂ぶるように、指も使って絶え間なく感じさせていった。

「あっ、ん、はぁっ……♥」

「あぅ、いくっ、ん、はぁっ……もう♥」

限界を感じさせる嬌声が響く。

姉妹のおまんこをもっと楽しみたいが、放出へのタイミングを計り始める。

「レストさん、ん、ああっ、もっともっと、私を突いてください、んはぁっ♥」

「あたしも、あっ♥　いっぱいして……ん、はぁ、ああっ！」

「ああ……いいぞ！」

彼女たちに求められ、俺はその蜜壺を限界までかき回していく。

俺自身は一度出している。姉妹よりは余裕があるが、出来上がった膣内の快楽は大きく、どんどんと射精欲が高まってきていた。

「んはぁ、あっ、ん、ふぅっ……♥」

「そんなに、んぁ、奥ばっかりっ、突かれてっ……んあっ！」

俺は肉竿を引き抜くと、最後はふたりの間へと肉棒を突き入れた。

彼女たちの割れ目が重なり合っている場所。そのヒダヒダの密着する谷間に肉竿を差し込む。

上下をおまんこに挟まれる豪華感とともに腰を振ると、肉竿はふたりの淫芽を刺激していく。

「んはぁっ♥　あっ、ん、ふぅっ……あああ！」

「あっあっあっ♥　クリ、擦られてイクゥッ！」

クリトリスを擦り上げられたふたりが、感極まって叫んだ。

「中とは違うけど、これも、くぅっ！　なかなかいいな！　ぐしょぐしょだ」

「んぁ、そこ、そんなに刺激されたらぁ♥　んぁ、ああっ！」

「うっ……俺も出すぞ！」

そして、ふたりのおまんこに挟まれた俺も限界を迎える。

そのまま、おまんこのサンドイッチ状態で精液を放っていった。

「ひゃうっ♥　熱いのが、勢いよくっ……♥」

「お腹に出されてる、ん、はぁっ！」

彼女たちがぐっと腰を寄せ合い、挟んだ肉竿を押し込んでくる。

その勢いで絞られるようにして、白濁をふたりのヘソあたりへとぶちまけていった。

「んぁっ、はぁ……。すごい……♥　ん、どろどろのが……」

「お腹のところ、すっごいことになっちゃってる……♥」

放出が終わると、俺はふたりの間から肉竿を引き抜いた。

重なり合うように、呼吸を整えているふたりの姿。

濡れたおまんこはまだ重なり合い、間からはわずかに精液が垂れてきている。

美女ふたりの艶姿は、複数プレイならではのものだな。

「こうやって、みんなでするのもいいな」

俺が言うと、彼女たちもうなずいた。

ふたりは一息つくと身を起こす。そうして左右からこちらへと身を寄せてきた。

「一緒のご奉仕で喜んでもらえたみたいで、よかったです」

「でもレストのここ……まだ元気みたいね？」

そう言って、むにゅっとおっぱいを押しつけながら身を乗り出したシャフランが、俺の肉竿を軽く指でしごいた。

「次は……どこで気持ちよくなりたいの？」

「わたしたちふたりで、いーっぱい気持ちよくなってくださいね♪」

姉妹のご奉仕は続いていくようだ。

まだまだ夜は終わりそうにない。

俺はふたりに挟まれながら、愛情深いご奉仕を受けていくのだった。

第五章　三姉妹の親族

屋敷の敷地内に、豪奢な馬車が入ってくる。

販売所を始める以前から、貴族が特注品のために俺の所へやってくることはたまにあることだったので、そこまでの驚きはない。

俺はアリエーフに声をかけてから、ひとりで応接間へと向かう。

彼女たちが来てからは、こうして応接間を使えるようになり、来客にもある程度の格好がつくようになった。

とはいえ、わざわざ俺の元を訪れるような貴族は、俺が工房に籠もる変人魔術師であることは知っている。その上で依頼に来るので、対応が良くなったからといって依頼が増えるというようなことはなかったがな。しかし今回の客は初めての相手で、少し前に来訪したいとの手紙が届いていた。

まずは、俺自身がその貴族を出迎えることになる。

アリエーフはマジックアイテムの作成があるし、シャフランも家のことをしているので、長時間手を空けるのは難しい。

貴族との話はいつも、どのくらいの時間がかかるかわからない。

側にずっとメイドが控えているほうがそれっぽいというか、貴族にとっては当然だというのは理解しているが、そこまで依頼者に合わせるつもりはなかった。

俺はシャフランが淹れてくれたお茶を持って応接間へと向かい、訪ねてきた貴族へと対応した。

「魔術師殿が、自らお茶を？」

初めて会うその貴族は、不思議そうに言った。

「ああ。俺はただの魔術師だからな。いつもそうだよ」

「そうか。しかし最近、メイドとして奴隷を買ったという噂も聞いたが？」

彼は探るように訪ねてくる。遠方から来たようで、その衣装も俺が知る王都のものではない。俺よりだいぶ年上で、落ち着いた様子の、いかにも貴族といった風貌だった。

店が話題になると同時に、クレーベルたち三姉妹の話もこれまでより広がっていった。

会話するにつれ、アイテムよりもそのあたりの話が気になっているらしいことに気付く。

「確かにメイドはいるが……」

そう言って、俺は眉をひそめる。ちょっと引っかかるな。

「なかなか器量の良い姉妹らしいな」

彼はなんとなくそわそわとしており、クレーベルたちを気にしている様子だった。

「サイタラ男爵……でしたね」

「いかにも、私がサイタラだ。事前に連絡もしましたな」

彼は鷹揚にうなずく。

この辺りでもなく、王都周辺でもない地域の貴族だったため、俺は面識がなかった。

彼がどんな人物なのかは、まだ知らない。

クレーベルたちの話が広がるにつれて、彼女たちがニマーチ伯爵の娘だということも貴族には知れ渡っている。それも仕方ないことだった。彼はもしかすると、伯爵の娘である彼女たちからたどって、伯爵の居場所への手がかりを見つけようとしているのかもしれない。

優先的に俺への負債を解消するために、愛娘を送り込んできた伯爵。

きっと他の場所では、今も踏み倒し続けて逃げているのだろう。

男爵にもなにかがあり、そういった理由ならば、伯爵の娘を狙うのも考えられないことではない。

「ニマーチ伯爵の娘たちが、そんなに気になるのか？」

「なっ……」

突然の問いに、男爵は驚いたように口を開ける。

「彼女たちは、伯爵の居場所なんて知らないぞ」

「そうだろうな。伯爵の居場所を知っているようなら、とっくに魔術師殿が接触しているだろう」

目的を隠せないと理解したようだ。男爵は素直に認めるが、俺としては……。

「それは……どうだろうな」

俺は肩をすくめた。

「俺自身は、娘をこちらによこしたことで、伯爵に対する遺恨はもうない。むしろ彼女たちに感謝しているから、機会があれば手助けをしてもいいくらいには思っているよ」

彼女たちと過ごす日々は楽しい。今はかなり、伯爵について好意的ですらある。

彼女たちが望むなら、俺は積極的に助けるだろう。

もちろん、それは伯爵の居場所がわかり、助けられる状況ならということだが。

ここ最近は多くの人が訪ねてくることで、情報も入るようになった。

伯爵を追っていた人々も、その多くはすでに諦めており、伯爵にそこまで危険が及んでいるという状況でもないらしい。

もちろん、彼が発見されて捕まったという話も聞かない。

安全になっても出てこないとなると、伯爵は国外へ逃げたとかで、かなり遠方にいるのではないだろうか。

貴族らしさにこだわって身持ちを崩してしまった伯爵だが、冷静になれば頭は回るタイプのようだった。意外と、国外で上手くやっているのではないだろうかと俺は思っている。

「一応言っておくが――」

俺は男爵を見ながら言った。

「今の彼女たちは、俺の財産でもある。それに手を出すというのは、俺と敵対するということだ」

「……………ん、うむ。それはそうだろう。そんなつもりはないよ」

俺の態度の変化に、男爵は小さく息をのんだ。

魔術師というのは、貴族からはけっこう恐れられている。

もちろん、マジックアイテム製作で雇っているような者のことではない。

俺のような冒険者上がりが危険であることを、貴族はよく知っているからだ。

王都で出世するような魔術師は、魔法に魂を売った変人であり、時にはモンスターより恐ろしい。そういうイメージを抱かれることが多かった。

ニマーチ伯爵も、差し迫った他の借金取りではなく、俺への対応を一番に解決すべく娘をよこしたくらいだ。国外に逃亡するとしても、もっとも危険なのが俺だと思ったのだろう。

男爵自身がどの程度知っているかはわからないが、王都へ出向いて貴族たちに聞けば、俺のことを調べるのは難しくない。

王都にいた頃の俺。そしてまだ冒険者だった頃の俺についても、すぐに情報が入ることだろう。

王都を離れてからも、俺にしか作れないからと貴族が依頼してくるような魔術師が、まともであろうはずもない。俺の過去の話はけっこう誇張されているから、冒険者時代のことについては、さぞかし化物じみた話が聞けるだろう。

あのころは俺自身、そういったイメージを利用していた面もあるから、そこについて「実はそんなことはないんだよ」と、今更訂正する気はない。

実際にかつての俺が、自体の大きな魔力を頼りに、大型モンスターを狩っては力に酔っていたのは紛れもない事実だ。

「いや、違うんだ。娘たちや魔術師殿にどうこうしようとか、そうじゃないんだ」

男爵はどうにか、そう言葉を紡いだ。

「違う？」

「ああ、そうだ」

問い返すと、彼はうなずく。

「私はニマーチ伯爵を追う立場じゃない。ましてや、彼の娘を傷つけようなんて思っていない。むしろ逆だ」

男爵はそう言って、ちらちらとこちらを伺いながら言葉を続けた。

「今日訪れたのは、彼女たちを保護するためだ」

「保護だって？」

「ああ、その……奴隷として買われたと聞いていたものだからな。心配したんだよ」

「俺が彼女たちに酷い扱いをしている……ということか？　そんな噂が？」

「ああ……いやいや、違うんだ。そうではなく……」

男爵がかなりうろたえているので、俺は空気を緩めた。これでは話が進まない。

「危害を加えるつもりがないのはわかったよ。それで？」

先程までより柔らかく問いかけると、男爵は少し持ち直したようだ。

「私はね、ニマーチ伯爵とは親戚なんだ。彼の行方がわからなくなったのは残念だが、残された娘たちだけでも保護しようと……」

「……なるほど」

まだ信じたわけではないが、警戒は解く。

「魔術師殿を疑うわけではない。だが、自分の目で見て、必要ならお金を出してでも魔術師殿から彼女たちを買い取って、奴隷から解放しようと思ったのだ」

「そういうことか」

そのためにわざわざ、遠方からやってきたということか。

三姉妹が頼らなかったことからも、男爵はそこまでの近縁ではないのだろう。

どういった人間かもわからない、というのが難しいところではあるが……。

「どうだろう。彼女たちに会わせてもらえるかな？」

本当に裏がなく、親族への好意で動いているのだとすれば……彼女たちにとっては悪い話ではないはずだ。

「そうだな、声をかけてみよう」

念のため俺も一緒に顔を合せ、その後は席を外してみて、男爵の様子を探るのがいいだろう。


そうして改めて、三姉妹と一緒に会うことになった。

俺は男爵の隣に座り、三姉妹が正面のソファにいる並びだ。

「ああ、私のことは覚えていないかな……？　小さな頃に会ったことがあるのだけれど」

クレーベルには、男爵に対してある程度見覚えがありそうだった。だが三女のアリェーフは、ほぼ記憶にないようだ。

「私は伯爵と、つまり君たちとも親戚でね。西方の領地を任されているサイタラだ」

男爵はそう名乗ると、彼女たちを見る。

「伯爵の危機も、気づくのが遅れて済まなかった。君たちも――たいへんだったね」

彼女たちが非人道的な扱いを受けているわけではない……というのは様子を見てわかったようだ。

だが、それでも俺の奴隷という身分に変わりはない。

男爵は彼女たちに切り出した。

「よければ、私の所に来ないか？　領土はここから離れているが、そもそもここと伯爵の領地だって、そう近いわけでもないし」

見覚えのない親戚。見たこともない土地。

どちらも、心理的なハードルが高いな。

追われていたときなら、彼女たちにとっては願ってもない話だっただろう。

しかし今は、俺の元で安心して暮らせる状態にある。

あえて再び、賭《かけ》に出る必要性は薄いな。せめてクレーベルが、男爵をはっきりと覚えていればよかったのだろうが。

姉妹の反応は薄い。それでも男爵は熱心に勧めている。

こんなところまでわざわざ来るほどだし、もし全てが嘘でないなら、意外と情に厚いタイプなのかもしれないな。

「もちろん、伯爵家ほどの暮らしは望めないだろうが、貴族の令嬢として最低限の暮らしは出来るはずだ」

男爵はそう言うと、彼女たちをじっと見る。

突然の話に、三人は戸惑いを見せているようだった。

「もちろん、三人一緒だ」

それは彼女たちが、最初に俺の元にいることを選んだ、一番大きな理由でもある。

親族である男爵は、当然彼女たちを三人とも引き取るつもりだった。

その後も、自分の領地について話していった男爵は、ひとしきりの説明を終えたところで、彼女たちにしっかりと向き合う。

「急すぎる話だとは思う。ここでの生活が、君たちにとって悪くないことも理解したよ。魔術師殿には感謝しなければな。それでも……だ。私はしばらくは近くの町にいるから、考えてみてほしい。新しい場所での暮らしは大変だろうけれど、すぐに慣れるだろうから」

そう言って、男爵は屋敷を後にしたのだった。

●

あらためて、俺は彼女たちと、今後について話し合う。

今回のことは、彼女たちにとってかなり大きな選択になるだろう。

もちろん、俺としては彼女たちがいてくれたほうが助かる。

今や成長した三人は助けになってくれているし、何よりも彼女たちと過ごす日々を楽しく感じているからだ。

しかし、彼女たちにとってはどうだろうか。

伯爵が行方をくらまし、奴隷として売られることになった……そういう状況の中にあって、今は決してどん底ではない状態だと思う。

だが、元は貴族令嬢。男爵家であっても、地位や生活を貴族のものに戻せるとなれば、そのほうが条件としてはいいだろう。

なにより、三人一緒という、彼女たちにとって一番重要な点も維持できる。

この国の法律的な話をするなら、奴隷を売るか売らないかは、持ち主である俺に委ねられている。

つまり俺がこの話を拒否すれば、男爵側から強く出ることは出来ない。俺との取引は、伯爵自身からの正式な要請だったのだから。

しかし、そうした強硬手段に出てまで、彼女たちを引き留める気はなかった。

そんな状態で彼女たちを縛りつけてもな……と思う。

そういう訳で、俺としては彼女たちの選択に任せることにした。

「男爵のところへ行くなら、貴族には戻れる。俺は男爵のことをよく知らないが、クレーベルたちはどうなんだ？」

幼い頃に会っただけというのなら、あまり詳しくはなさそうだ。

親戚間での評判が悪いとか、そういった部分から探れることはないだろうか……。

「わたしたちも、正直なところほとんど存じません。親族が全てそろうような大きな集まりは、ここ数年はなかったのです。男爵のご領地と伯爵領では、なかなか移動も大変な距離だと思います」

「そうか、わかった」

当主同士ならば親戚でもあるし、書面でのぐらいはあったのかもしれないな。しかし、直接顔を合せるのは、なかなかにハードルの高い位置関係のようだ。

貴族といえども、移動の大変さは変わらない。むしろお付きの者たちもついてくるから、貴族らしく移動しようと思うと金もかかりそうだ。伯爵の経済状態では、厳しかっただろう。

「レストには、あたしたちを手放したほうが得なことってあるの？」

シャフランの問いかけに、俺は首を振った。

「いや、俺としては、ずっといてもらうほうがいい。だが……もし伯爵がこのまま戻らなければ、一生を左右する選択だ。俺のことは気にせずに、選んだほうがいい」

「……そう」

シャフランは短くうなずくと、唇を尖らせた。

「貴族に戻れる、というの確かにいいと思うのですが」

アリエーフが言葉を続ける。

「実際は、また貴族らしく暮らさなきゃいなきゃいけない……ということであるんですよね」

アリエーフは自らの意思で魔法を学び、マジックアイテムの作成を行っている。

シャフランは屋敷の家事を、クレーベルは接客をしてくれている。

そういった暮らしは、確かにあまり令嬢らしくはない。クレーベルは接客も楽しんでやってくれているようだが、もし令嬢のままなら、そんなこととは無縁だっただろう。

男爵の元へ行けば当然、そもそも労働するなどということが、もうあり得ない。

いや、アリエーフのマジックアイテムならばもう、制作を許される可能性もあるか。

「それにですね」

そこでクレーベルが、こちらを見つめる。

「ここに残れば、レストさんはこの先もずっと、私たち三人と一緒に過ごしてくれるんですよね？

先程、そうおっしゃいましたよね？」

「ああ、言ったな」

ずっといてもらうほうが……と、思わず言ってしまっていたな。

「ずっと四人で一緒に暮らして、お店をしたり、ご飯を食べたり、一緒に寝たり……みんなでえっちなことをしたり♪」

「そうだな」

ラストの部分で声を高くしつつ、妖艶な笑みを浮かべるクレーベル。

彼女たちと身体を重ねるのは、男として幸せなことだ。

「それならやっぱり、こっちに残るほうが、わたしたちにとっては幸せです♪」

クレーベルはそう言うと、立ち上がった。妹たちにも異存はないようだ。

「そんな、簡単に決めていいのか？」

話を終えようとする彼女に問いかけると、シャフランも立ち上がり、軽くのびをした。

大きな胸が揺れて、思わず視線を吸い寄せられる。

「悩むまでもないような二択だしね。あたしたちを助けようとこっちまで来てくれたことは嬉しいし、場合によっては助かったのかもしれないけど……。そもそもあたしたち、レストのところにいるの、困ってないもの」

「レスト様のおかげで、魔法も覚えられましたし、レストはひどいことしないしね」

「たしかに身分上は奴隷扱いだけど、レストはひどいことしないしね」

「むしろ、三人でいられるようにしてくれましたし。感謝してるんです」

彼女たちはそう言うと、あっさりと俺の元に残ることを決めたのだった。

あまりの即決っぷりに驚く部分もあるが、確かに、令嬢に戻れば、クレーベルなどは比較的すぐに嫁ぐ年齢でもある。あの男爵ならば、姉妹のためだといって縁談を用意している可能性まである。

そういう意味では、俺の元にいたほうが、姉妹で一緒にいられるということにはなるな。

いずれにせよ、俺としては彼女たちがここにいてくれて、これまでのような暮らしが続くほうが嬉しい。

こんな王都から離れた土地にまで、三姉妹を心配して来てくれた彼だ。

それに伯爵が行方不明である以上、彼女たちの身寄りは少ない。ただ断るのは心苦しかった。

俺はその厚意に少しは報いるために、旅費になる程度の金は男爵に渡そうかとも思うのだった。

●

俺の元でこれからも暮らしていくことを決めた彼女たちは、今まで以上に仕事に打ち込んでくれていた。

売られたという立場から、自分で選んだ立場になった、というのが作用しているのかもしれない。

店のほうは安定した売り上げを出しており、王都で普及しているような生活用マジックアイテムが、こちらでも普及していっている。もちろん、小型化、低価格化のおかげだ。

それは町の人々からすると、大きな変化だったようだ。

俺は最初から自作のマジックアイテムを使っていたし、それらが広く普及した王都にいたことで当然のものになっていた。だからあまり実感はなかったが、こういったマジックアイテムは生活を劇的に便利にしていく。

食材の長期保存や、調理での火力制御は、食事事情を大きく変える。

これまではほぼ、焼くか煮るだけだった。だから火力については、まだまだ家庭では使いこなせる人が少ないようだが、飲食店などを中心に新しい料理が生まれはじめている。

そういった新しい変化は、人々を能動的にする。

だから今日も、販売所はそれなりに賑わっていた。

王都でも話題になったことで俺の名も知れわたり、各地の商人たちとの交流が増えたことも大きいだろうな。そんな商人や、実際にいろいろなアイテムを見たいという客も押し寄せている。

アリェーフも腕を上げているから、一般的なお抱え魔術師が作る、機能より大量生産を目指したマジックアイテムよりも性能がいいと評判だ。

もちろん、値段はそういったもののほうが安い場合も多い。あとは好みの問題ではあるが、品質の良さを求める層の需要が確立し始めていた。

そうなると魔術師の腕に依存するから、競合相手が少ないというのが強い。

また、俺のマジックアイテムの普及によって、人々の中に「王都のような暮らし」的な意識が、かすかなブームになりつつあるようだった。

王都の流行は、集めようと思えばこちらの地域でも情報が手に入る。

むしろ積極的に、商人たちが広めているしな。

けれど、こういった家事に役立つマジックアイテムは作れる魔術師も限られ、管理や輸送の難しさからも、王都周辺にしか出回っていなかった。

噂に聞く便利な暮らし。それはすべて、遠い王都だけのもの。これまではそういう感じだったのだが、俺の販売所によって変わってきている。

これまで別世界だと思っていた生活が、急に手の届くものになり……いろんな人がこぞってそちらのスタイルを追い求めたのだった。

そんな訳で、大きなものから、小さなものまで。生活系のマジックアイテムは依然として人気であり、売り上げは絶好調なのだった。

今日も一日が終わり。店を閉める。

俺はさっそく、大まかな在庫のチェックを行った。

「今日も、たくさん売れましたね」

「ああ。クレーベルもお疲れさま」

彼女の明るい接客は、とても評判がいい。

特に、ここが幽霊屋敷と呼ばれていたことを知っている人からすれば、あの屋敷には美人メイドがいるという噂は、かなり背中を押した部分があっただろう。

売っているのが陰気な魔術師では怪しすぎて、どんなに便利でも使うことに不安が出てしまう。

それを差し引いても、俺は接客が得意な訳じゃない。

だからそもそも、彼女がいなければ販売所をやろうとまでは思わなかっただろう。

こうも繁盛しているのは、クレーベルの力があってこそだ。

「アリェーフちゃんのアイテムも、どんどん良くなってってますよね」

「そうだな。クレーベルにもわかるか？　大手商人お抱えの魔術師よりも、良いものが作れるようになってきてるぞ」

以前なら、冒険者向けの武器も作れれば独立できるかもしれないと思っていたが……。

俺の元にいることを選んでくれたからには、もう無理にどこかを尖らせる必要もない。

もちろん、レベルを上げていく中で得意なものが見つかるなら、それはそれでいいことだ。

今はそこまで考えていないが、このままアリェーフが成長してさらに実力を得ていくなら、彼女自身が弟子をとって魔術師を育てるようになるのもいいだろう。

今の繁盛具合や顧客の定着度を見るに、拡大していくことに本腰を入れれば、より店を大きくすることもできそうだ。

俺自身は、暮らしが落ち着いてきたことを悪くないと思っているので、それは成長したアリェーフがどうしたいか次第だがな。

「さすがアリェーフちゃんですっ」

「三人のおかげで、こんなに賑やかになってるな。ありがとう」

彼女たちの影響で、俺も以前より前向きになっている。

ここに越して来たばかりの俺なら、こうして店を持ったり、積極的な商売をしようだなんて思わなかっただろうな。

●

そうして昼間は販売所を中心に生活しつつ、夜には彼女たちのご奉仕を受ける生活が続いていた。

普段の生活同様、ここにいることを選んでからの彼女たちは、夜のほうもより積極的になっているようだった。

最初からえっちなことに前向きだった姉妹たちだから、今やその誘惑は、俺の体力が保ちそうになくて嬉しい悲鳴を上げるほどだった。

彼女たちは毎晩、代わる代わる俺の部屋を訪れては迫ってくる。

男としては夢のような状況なので、俺も当然、それを受け入れる。

選択は姉妹たちがしているから、今日は誰が来るのか、楽しみにしている部分もあった。

そして今夜は、アリェーフが俺の部屋を訪れてきた。

「レスト様、夜のご奉仕に参りました♪」

テンション高めの彼女がそう言って、こちらへと身を寄せる。

近くへ寄って来た彼女は、上目遣いに俺を見つめた。

そっと抱き寄せると、アリエーフは俺の腕へと飛び込んできた。

小さく華奢なアリエーフの身体。

それに反して大きな胸が、俺の身体に柔らかく押しつけられる。

「んっ……」

ちょこんと背伸びをした彼女が、唇を突き出した。

細い腰を抱きしめながら、彼女にキスをする。

「ちゅ……♥　んっ……」

唇の感触を楽しんでから、一度口を離す。

至近距離でこちらを見つめるアリエーフ。

その目は軽く潤み、女の色を帯びていた。

「んむっ……♥」

そんな彼女に再びキスをし、今度は舌を入れる。

「れろっ……ん、はぁっ……♥」

応えるように舌を出してくるアリエーフの、その小さな舌をなぞり、粘膜同士を重ねる。

口を離すと小さく息を吸った彼女が可愛らしくて、俺はたまらずに抱きあげる。

軽い彼女はされるがままで、ベッドへと運ばれていった。

しかし仰向けに横たえると積極的になり、腕を俺の肩へと回して引き込むようにキスをしてくる。

「んっ……♥　レスト様……」

俺は引き寄せられるまま、アリエーフに覆い被さった。

「ん、ふぅっ……」

そして彼女の身体の上を、下へと軽く滑っていく。

口から首筋、そして胸元へ。

「あっ……♥」

メイド服越しに、その胸へと触れる。

全体的に小柄な彼女の中で、存在感を放つ大きな双丘。

手触りのよい生地と、その向こうにある女体の柔らかさ。

軽く手を動かすと、服越しでもその双丘が形を変える。

「んんっ……」

小さく声を漏らすアリエーフが、かわいくも艶めかしい。

そんな彼女の胸元をはだけさせていく。

「レスト様、んっ……」

すぐに胸元があらわになり、柔らかな巨乳がこぼれ出してくる。

俺はその生乳へと触れていった。

「あっ♥　ん、はぁ……」

柔らかな双丘が、俺の愛撫を受けて沈みこむ。

彼女に覆い被さったままで、その胸を揉んでいった。

「ん、あっ、ふぅっ、レスト様……♥」

彼女はうっとりと俺を見上げると、こちらのほうへと腕を伸ばしてくる。

甘えて抱きつき、もっととねだるようなアリェーフを見つめながら、胸への愛撫を続けていった。

「んんっ、はぁ……ふぅ、んっ♥」

艶めかしい吐息を漏らしていくアリェーフ。

むにゅっと、柔らかなおっぱいをこねるように揉みながら、そんな彼女を眺める。

「あぁ、ん、はぁ……♥」

俺の手で感じていく彼女に、こちらの気持ちも高まっていった。

大きく柔らかな乳房に触れていると、その頂点がつんと尖り始める。

「アリェーフ、乳首、立ってきてるな」

「あぅ、レスト様のさわり方が、えっちだから、んぁっ♥」

軽く指先で撫でると、アリェーフがぴくんと身体を反応させる。

手のひら全体でおっぱいを揉みながら、指先でその乳首をいじっていった。

「んんっ……♥　そこ、あっ♥　ん、はぁっ……」

乳首を責められた彼女は、甘い声を漏らしていく。

「ああっ♥　レスト様ぁ♥　ん、はぁ、ふぅっ……」

指の腹で乳首を撫でていくと、そこはさらに存在を主張していった。

両乳首を指先でいじりながら、おっぱいの柔らかさを感じる。

「あふ、ん、はぁ、ああっ……♥」

俺は片方の手を胸から離すと、そちらの乳房へと顔を近づける。

「ふー」

「ひゃうっ♥」

軽く息を吹きかけると、彼女が可愛い声をあげた。

指先よりも淡い、もどかしいような刺激に、アリェーフの乳首は触ってほしそうにつんと尖っていた。

俺は舌を伸ばし、乳輪を軽く舐めていく。

「んぅっ……♥　はぁ、ああっ……。レスト様、それっ……んっ……」

舌先で乳輪をなぞっていると、アリェーフは小さく身体を動かす。

そんな彼女の姿は俺の欲情をくすぐる。

「あふっ、ん、焦らすの、ずるいですっ……♥　私、ん、はぁっ……」

彼女はそう言うと、俺の頬へと手を伸ばしてきた。

小さな手が俺の頬を挟み込み、そのままぐっと自分の胸へと押しつける。

そんなエロいおねだりに従って、俺は彼女の乳首を唇で挟んだ。

「んはぁっ♥」

彼女が嬌声をあげるの耳元に聞きながら、乳首を刺激する。

「ん、はぁ、あふっ……」

唇で乳首を挟みながら、舌で先端をくすぐる。

「んんっ♥　あっ、はぁっ……！」

アリェーフは気持ちよさそうに声を出しながら、俺の頬を撫でた。

俺はそのまま乳首を愛撫していく。

顔に触れる柔らかな感触と、口で感じる乳首のしこり。

片手でもう片方の乳首をいじりながら、余った手を下へと伸ばしていった。

「んぅっ、はぁ、ん、ああっ……」

お腹を撫でて、さらに下へ。

短いスカート越しに、下腹から腿へと手を動かしていく。

「あふっ、ん、レスト様、ん、ああっ……」

三姉妹で最も年若い彼女。気持ちよさそうに声をあげるアリェーフのそんな姿はとても淫らだ。

その姿を楽しみながら、俺の手は彼女の内腿へと動く。

そして、衣服の中へと手を忍び込ませていった。

内腿を撫でながら、付け根へと上がっていく。

程なくして、俺の手が足の付け根、ショーツに包まれた割れ目へと触れた。

「んはぁっ♥」

そこをなで上げると、彼女が嬌声をあげる。

しみ出した愛液を感じながら割れ目をいじり、指先を往復させていく。

それと当時に、乳首を軽く吸い上げてみた。

「あぁっ！」

鋭く反応し、身体を硬直させるアリェーフ。

俺は下着を脱がすと、彼女のおまんこへと直接触れる。

あふれてくる愛液が俺の指を濡らしてった。

くちゅり、と卑猥な水音を鳴らしながら、濡れた指を割れ目の上へと滑らせていく。

「ん、あっ、んくぅっ……！」

指をクリトリスへと辿り着かせて優しく触ると、アリェーフの身体が跳ねる。

「ああっ、そこ、ん、だめです、私、んぁ……♥」

甘い声でだめだと言うアリェーフだが、それはさらなる愛撫を求めているようでもあった。

俺は言葉より身体の反応に応え、彼女のクリトリスをいじっていく。

「んな、ああっ……そんな、んぁ、乳首も、クリトリスもいじられたら、私っ、ん、はぁっ、ああっ……♥」

敏感なところを同時に責められて、アリェーフが快感に声を漏らす。

そんな彼女の反応を楽しみながら、俺は手と口を動かしていった。

「ああっ、ん、はぁ、ふぅっ……♥」

乳首に吸いつきながら、クリトリスをいじっていく。

アリエーフは快感に乱れ、声のトーンをあげていった。

「んぅっ、はぁ、そんなに、あっ♥　敏感なところばかり、責められたらっ……！　私、ん、はぁ、ああっ、イッちゃいます、んぁっ！」

嬌声混じりに言う彼女に、俺はさらに愛撫を続けていく。

「あっあっあっ♥　も、だめ、ん、はぁっ……！」

クリトリスを擦り上げると、彼女の身体がますます熱を帯びる。

「あふっ、ん、イクッ！　あっ、ん、イクゥッ！」

全身を跳ねさせながら、アリェーフが大きく声をあげる。

そこで淫芽から指を離し、ヒクつく膣口を軽くいじった。

「あっ……はぁ……♥　レスト様、んぅっ……♥」

彼女は快楽の余韻に浸るように、力を抜いていく。

俺は両乳首を解放すると、片方の手だけでやわやわと胸を軽く触る。

「ん、ふぅっ……」

彼女は呼吸を整えているが、その様子も艶めかしい。

その姿に俺も滾り、服を脱ぎ捨てていった。

「レスト様……えいっ♪」

するとアリエーフは身を起こし、服を脱いだばかりの俺に裸で抱きついてきた。

そのままの勢いで、俺をベッドへと押し倒してくる。

「レスト様のおちんぽ♥　こんなに雄々しくそそり立って……」

彼女は俺に覆い被さりながら、自分に向いて勃起している肉竿へと目を向ける。

そして肉竿へと手を伸ばすと、身体を低くして、先程イったばかりのおまんこへと導いていく。

「んぅっ……このガチガチおちんぽ、私のアソコで、ん、はぁっ……♥」

彼女はそのまま腰を下ろして、自分で挿入していった。

「んぁ、ああっ……♥」

肉棒が彼女の膣内へと迎え入れられる。

とろとろのおまんこが肉棒を咥え込んで締めつけた。

その気持ちよさを感じていると、アリエーフが抱きつくように上半身を倒してくる。

その身体を受け止めると、柔らかな胸が俺の身体に当たった。

「レスト様、ん、はぁ……♥」

アリエーフはゆっくりと腰を動かし始める。

膣襞《ちつひだ》が肉竿をしごき上げていった。

「あっ♥　ん、レスト様のおちんぽ、私の中に、ん、ふぅっ……♥」

濡れた膣内が肉棒に吸いついてくる。

先にクリイキしていることもあってか、彼女はすぐにペースを上げていった。

「んっ、はぁ、ふっ、レスト様、んぅっ」

俺に跨がったアリェーフが、リズミカルに腰を動かしていく。

抱きつくように蜜着した状態なので、大きな胸が俺の身体に押しつけられていた。

「あふっ、ん、硬いのが、中、いっぱい擦って、ん、はぁっ……♥」

アリェーフは艶めかしい声を漏らしながら、ご奉仕の腰振りを行っていく。

柔らかく押しつけられるおっぱいと、肉竿をしごき上げる膣襞。

その気持ちよさを感じながら、彼女の身体を撫でていく。

「ああっ、なんか背中、ん、ふぅっ……撫でられるの、くすぐったくて気持ちいいです……♥」

そう言いながら腰を振る彼女の膣内が、きゅっきゅと嬉しそうに反応する。

「うぉ……！」

キツい締めつけに絞られながら、俺は敏感な彼女の背中を撫でていった。

「はぁ……♥　ん、ふぅ、ああっ……！」

喘ぎながらも、俺の上で腰を振るアリェーフ。

彼女の腰振りにも熱が入り、上半身がさらに押しつけられる。

大きな胸が俺の身体で柔らかく形を変えていった。

膣内とおっぱい。二種類の女体の気持ちよさを味わいながら、アリェーフのなめらかな肌を撫で回していく。

それに合わせて、膣内も違った反応を見せ始めていた。

「ん、はぁ、ああっ……♥　レスト様、ん、ふぅっ……」

彼女は声をあげながら、さらに腰を振っていく。

ペースを上げていくその腰振りと、膣襞の蠕動。

そして俺を求め大胆にピストンを行うドスケベなアリエーフの姿に、欲望が高まる。

「あふっ、ん、はぁ……レスト様、あっ、ん、はぁっ……♥」

巨乳をむぎゅぎゅっと俺の身体に押しつけながら、抽送を行っていくアリエーフ。

うねる膣襞が肉竿をしごき上げて、精液をねだっているかのようだ。

その気持ちよさとエロさに昂ぶった俺は、腰をずんっ、と突き上げる。

「んはぁっ♥」

下から最奥を突き上げられた彼女が嬌声をあげ、さらにぎゅっと抱きついてくる。

「レスト様のおちんぽが、私の奥まで突き上げてきて、ん、ふぅっ……♥　私、ん、はぁ、ああっ……レスト様のおちんぽで、イクッ、ん、ふぅっ♥」

アリエーフはさらに腰を振り、ラストスパートをかけてきた。

俺も合わせて下から動いていく。

「んぁ、あっあっあっ♥　中、気持ちいいっ、ん、はぁっ♥」

自分が気持ちよくなる場所を擦り、そして俺の射精も促すための大胆な腰振り。

そうして腰を振って、高まっていくアリエーフが愛らしい。

俺のほうも、気持ちよさに限界を迎えつつあった。

「あっ、も、イクッ！　ん、レスト様ぁ♥　ん、はぁ、ああっ！」

「アリエーフ、このままいくぞ」

「はいっ、ん、も、イキますっ……♥　んんっ、あっ、はぁ、んぅぅっ……！」

しがみつき、必死に腰を上下させるアリエーフに、俺も欲望のまま肉竿で奥を突いていく。

「んぅ、あっ、イクッ！　ん、あっあっあっ♥　気持ちよすぎて、んぁ、イクイクッ、イックウウウウウッ！」

「うっ、あぁ……！」

びゅくっ、びゅるるるるっ！

彼女の絶頂に合わせるように、俺も射精した。

「んはぁぁあっ♥　イってるおまんこに、レスト様の熱いザーメン、どびゅどびゅ出されて、んぁ、あ、はぁっ♥」

そのままぎゅっと抱きついてくるアリエーフを抱き返しながら、膣奥で精液を放っていく。

「んぁ……♥　はぁ、あ、んっ……」

彼女は俺に抱きついたままで、力だけを抜いていく。

しかし膣内のほうは精液を求め、まだしっかりと肉棒を咥え込んで蠢いていた。

俺もそんなアリエーフを抱きしめ、快楽の余韻に浸るのだった。

製作に使う素材は基本的には、周囲で自ら集めている。

この辺りではどうしても手に入らないものについては、商人から買うことになる。

ここ最近は、他の地方から行商人が買い付けに来てくれるため、他の地域で得られる素材が入手しやすくなっていた。

だから、素材の入手に困ってはいないのだが、何でも無限に手に入るというわけではない。

店の賑わいと、アリェーフの成長によって出来ることが増えていき、多くの人々と商売で接することで、これまでは気にしていなかったことが表面化した。

とくに、新しい需要についての情報を得たことが大きい。それを切っ掛けとして、俺はある計画を思いついた。

名目としてはいちおう、そう言った需要拡大に合わせた、アイテムの収集活動だ。

しかし実際のところは、生活も落ち着いてきたし時間にも余裕ができたので、旅行がてら出かけてみよう……ということになったのだった。

少し遠出にはなるが、海へ行ってみることにした。

彼女たちが入ることはないとはいえ、山は屋敷のすぐ側にあるしな。

知らない大きな街へ……というのも考えはしたが、彼女たちは元々それなりに都会に住んでいたし、地域地域の特色があるとはいっても、海のほうが経験としては新鮮だろう。

伯爵領に海はない。この国の貴族はあまり旅行をしないから、三姉妹にとっても海は珍しいはずだ。

一生、海を見ずに死んでいく人のほうが多いだろうな。

道中には多少の危険はあるが、その点は俺がいれば問題ない。

冒険者時代には、あちこちを旅したものだ。

それもなんだか、今となっては懐かしいな。

あらかじめ店を閉める期間を顧客に周知してから、日を置いて俺たちは出かけたのだった。

けっこう内陸で暮らしているため、目指す海までは何日もかかる。

観光目的なので、漁港ではなくビーチのようになっている場所だ。

比較的近い位置からは貴族も遊びに来るようなところで、良い宿もあるという。

俺たちは基本的には馬車で移動し、いよいよ目的地へと近づいていた。

「これが潮風ってやつかしら？」

シャフランが馬車から軽く身を乗り出して言った。

「ああ。そろそろ視界も開けて、海が見えてくるはずだ」

馬車が森を抜けると、右前方に広がる町と、その奥に海が見えるようになる。

「わぁ……」

「あれが海なんですね。向こう側が見えないです！」

水平線の向こうまで続いていく海を見て、クレーベルもテンションを上げる。

「実際、沖まで出すぎると戻ってこられるなくなるからな。泳ぐときも、はしゃぎすぎてあまり遠くへ行くなよ」

「わっ、すごいですね」

クレーベルはそう言いながら、夢中で海を眺めている。

「そろそろ町に入るから、一度ちゃんと中へ戻ってくれ」

「はーい」

素直にうなずいて、身を乗り出した状態から馬車の中へと戻る。

馬車は速度を落として、町の入り口へと到着した。

海沿いの町ということで、潮風と海産物の独特の匂いがしている。

ひとまず、大通りを通って宿へと向かうことにした。

宿の種類は大きく分けて、冒険者などに向けた簡素なものと、中級以上の冒険者やそれなりに成功している行商人用のもの、そして大商人や貴族などに向けた高級なものの三つだ。

地域によって当然違うが、海沿いではあっても貿易港ではないこの町は、そこまで宿自体が多い訳ではない。

海産物は多く採れるものの、それらは地元で消費されることが多いという。

陸路でも干物などの加工品が出回ることはあるが、距離があると新鮮なまま運ぶのは不可能だしな。

そんなわけだから、生の海産物を食べられる数少ない機会でもある。それもまた、三姉妹にはよい思い出になるだろう。

忙しかった日々の分、俺たちは海辺でのんびりとした時間を過ごすのだった。


ビーチの美しさと海鮮食材の美味を楽しんだ後は、宿の部屋へと戻る。

ここは大商人向けの宿だった。

部屋も広く、リビングにあたる部屋から二つに分かれた寝室に、それぞれに二台ずつベッドが置いてあった。

そのベッド自体もクイーンサイズのもので、かなり余裕がある。

そんな使い方をする人間がわざわざここを選びはしないだろうが、やろうと思えばこの部屋でなら、十人ぐらいは寝ることも可能だろう。

素材集めという名目で一週間ほどはこちらに滞在する予定なので、寝室については交代しながら使う予定になっている。

今日は、俺とクレーベルが同じ部屋で休むことになる。

リビングは広々とした使われ方をしているが、寝室のほうは大きなベッドが並んでいることもあって、実際よりも窮屈に感じられる。

ランプの明かりも煌々とは言いがたく薄暗いが、これはきっとわざとだろう。

そんな少し暗めの部屋で、ベッドが大きく存在を主張しているというのは、そういうことを意識させられる。

「レストさん」

それはクレーベルも同じだったようで、彼女はこちらのベッドへと上がり、俺のほうに身を寄せてくる。旅行中なので、珍しくメイド服ではない三姉妹たち。今は宿から借りた夜着を身につけている。それがまた布地が薄く、身体のラインがはっきり出ていて、とても色っぽかった。

彼女が身体をこちらに傾けると、その深い谷間が強調されている。

真っ白い肌。零れる上乳が明るく見え、アピールしてきているかのようだ。

俺はそんな双丘へと手を伸ばしていく。

「あんっ♥」

むにゅっ、と爆乳が俺の手を受け入れた。

柔らかな感触を楽しみながら、クレーベルのおっぱいを揉んでいく。

「あっ、んっ……」

手のひらに収まりきるはずもない、大きなおっぱい。

柔らかくむにゅむにゅと形を変え、夜着からこぼれ落ちそうになる。

くにゅっ、たゆんっと誘うおっぱいに魅了され、その極上のさわり心地に溺れていく。

胸元をはだけさせると、より大きくなったかのように揺れる爆乳。

俺は両手で揉みしだき、そこに顔を埋めていった。

「んんっ♥　レストさん、あっ♥」

柔らかな膨らみが俺の顔をむにゅっと迎え入れる。

そして女の子の甘やかな体臭が鼻腔に流れ込んできた。

俺はそのまま、彼女の爆乳を寄せるようにして揉んでいく。

たぷっ、むにゅんっと双丘が俺の顔を柔らかく押しつぶしてきた。

「レストさん、そんなに胸に顔をしつけて、んっ……」

彼女は俺の頭を抱えるようにして乳間へと押しつけてくる。

より強く、柔らかな膨らみが俺の顔を覆う。

幸せな息苦しさに包み込まれていると、肉竿に血が集まっていった。

「んっ、レストさんの硬いのが立ってきてます……♥」

彼女はそう言うと、もぞもぞと身体を動かす。

そして腿を、俺の脚の間へと侵入させてきた。

「すりすりっ……」

「んむっ……」

彼女の腿が、優しく股間を擦り上げる。

淡い刺激はもどかしく、むずむずとしてくる。

クレーベルはそのまま、腿を優しく動かし続ける。

爆乳に顔を埋めながら、女性の腿で股間を擦られる幸福感。

気持ちよさは十分にあるが、どこかもどかしい。しかしその刺激は、どんどんと性欲を高めていった。

「すりすり、むぎゅー♪」

彼女は脚を動かし、ぐいぐぎと胸に顔を押しつけてくる。

押しつけられる柔らかな膨らみを揉みながら、より強い刺激を求める本能が、ムラムラを加速させていく。

「レストさんのおちんちん、もっと気持ちよくなりたいって言ってるみたいです……んっ」

彼女は俺の頭から手を離し、脚も下ろした。

俺は軽く身体をあげ、彼女に覆い被さるような形になって見つめ合う。

「ん、しょっ……」

するとクレーベルは、俺の下で器用に動いていった。

身体を上下逆にすると、俺の股間の辺りへと動いていく。

反対に、短いスカートから覗く下着が、俺の顔の下へときた。

「レストさんのここ、ズボンの中で苦しそうです……えいっ♪」

彼女は器用に、ズボンと下着を同時にズリ下ろす。

すでに張り詰めていた肉竿が勢いよく飛び出し、彼女の顔に当たった。

「んっ♥　いつもどおりの、レストさんの元気なおちんぽです♥」

四つん這いになっている俺の下で、彼女は嬉しそうな声を出す。

「あむっ♥」

「うぉ……」

そしてそのまま、肉竿をぱくりと咥え込んできた。

さきほどの淡い刺激から一転、不意打ち気味の快感に思わず声が漏れる。

温かく濡れた口内が肉竿を咥え、その舌が先端を責めてくる。

「れろっ……ちろっ……ちゅぷっ♥」

唇でカリのあたりを押さえながら、舌先が裏筋や鈴口を責める。

逆向きで舐めているため、裏筋には舌の裏部分が当たる、というのが、通常のフェラとは違う刺激だった。

その直接的な気持ちよさを感じながらも、俺はなんとか姿勢を維持していた。

「ちゅぽっ、じゅるっ、ん、れろんっ……♥」

クレーベルはそのままチンポを咥え、しゃぶってくる。

「んむっ、じゅるっ、ぺろっ、ちゅっ♥ この体勢を下からだと、硬いおちんぽがぐいぐい迫ってくるみたいで、ん、ちゅぱっ♥ すごいです♥」

クレーベルは、ちゅぱちゅぱと肉竿をしゃぶってくる。

「ちゅぅっ♥ ん、れろっ、じゅるっ……」

そうしてしばらく、楽しそうにチンポをしゃぶるクレーベル。

俺の顔の下には、そんな彼女の衣服が乱れた下半身があった。

脚はぴたりと閉じられているものの、姿勢を変えるときにめくれたため、ショーツがしっかりと見えてしまっている。

小さな布が覆っているだけの恥丘。

つるりとしたその部分だが、肉棒を咥えているためか、早くも滲みだしてきた愛液で、一部がうっすらと色を変えている。

そんな無防備なおまんこを目の前にして、こちらもじっとしている訳にはいかない。

俺は上半身を下へ倒すようにして、彼女の脚の間へと侵入する。

「あっ、レストさん、んっ……」

ぐいっと脚を開かせて、その下着をずらしていった。

女の子の小さな下着は防御力などないに等しく、すぐにその秘められた場所をあらわにしてしまう。

俺は彼女の脚を広げさせた状態で、おまんこを眺める。

脚をひろげたことで、その陰唇もくぱぁと、いやらしく口を開いていた。

濡れたピンク色の内側が、気持ちよくしてほしそうにヒクつき、充血したクリトリスも存在を主張している。

俺はクレーベルの淫らなおまんこへと、顔を寄せていった。

「ひゃうっ♥」

舌を伸ばし、内襞を軽く舐めあげると、彼女が敏感に反応する。

「ん、ちゅぱっ、じゅるっ……♪」

お返しとばかりに肉棒にしゃぶりついてくるクレーベル。

そんな彼女に負けじと、彼女の割れ目に舌を這わせていく俺。

「あんっ♥　ん、ちゅぱっ、れろっ……んんっ……♥」

俺たちは６９の体勢で、互いの性器を愛撫し合っていく。

「じゅるっ、ちゅぱっ……ん、レストさん、ん、はぁっ♥」

おまんこを舐められ、俺の下で悶えながら肉竿をしゃぶり続けるクレーベル。

そんな彼女のクリトリスにも、俺は舌を伸ばした。

舌先で敏感な淫芽を撫で、軽く押すだけで彼女が激しく反応する。

「んはぁっ♥　あっ、レストさん、そこは、んぁ♥」

気持ちよさそうな声をあげながら、逃げるように軽く腰を動かした。

俺はそれでも、その肉芽を愛撫していく。

「あぁっ、ん、ふぅっ♥　わ、わたしも、じゅぽっ、じゅるるっ！」

「うぉ……」

彼女が肉棒にしゃぶりつき、バキュームしてくる。

その気持ちいい反撃で思わず声が漏れ、快感が駆け上ってくる。

「じゅぶっ、ちゅぱっ、じゅるっ……♥」

体制的に顔は見えないが、おまんこをさらしながらも、男の肉棒に吸いついてくるクレーベルの淫らさがたまらない。

そんな彼女のクリトリスに俺も吸いつくようにして、気持ちよさを共有していった。

「じゅるっ、ちゅっ、んぁっ……♥　あっ、レストさん、そんなにされたら、わたし、ん、はぁっ、あぁっ♥」

彼女は気持ちよさそうに声をあげ、さらに肉竿をしゃぶってくれる。

俺のほうはもう、その快感でイキそうだった。

「んむっ、じゅるっ、レストさんのせーし、いっぱい絞っちゃいますねっ♥　ちゅぱっ、じゅるっ、れろっ、ちゅぅっ……♥」

「うぁ、あぁ……」

吸精のご奉仕をなんとかこらえて、彼女の陰核を愛撫していった。

「んぁっ♥　あっ、ん、はぁっ……がまんは、だめです……じゅぶっ、じゅるっ！　出して……ください♥」

喘ぎ声を織り交ぜながらも、ますますチンポに吸いついてくる。

「ああ、出るっ……！」

「んむっ、じゅぶぶっ、じゅるっ、ちゅぅっ……♥」

クリトリスを舌先で責めながらも、快感に負けて腰を落としていく。

「んむっ、じゅぽぽっ、じゅるっ、ちゅぱっ、じゅるるるっ！」

腰が下りたことで、チンポがより深く彼女の喉奥を責めた。

肉竿を最奥まで突っ込まれながらも、クレーベルは吸いつき、射精を促してくる。

俺はその気持ちよさに浸りつつ、勃起したクリトリスを舐め続ける。

「んっ、あっ♥　いや……先に、イクッ！　イっちゃう♥　ん、はぁ、あっあっ♥　ちゅぱっ、ん

「んっ、んはぁぁぁっ♥　出して……じゅぶぶっ、じゅるっ、ちゅううううっ♥」

クレーベルが身体を震わせてイキながら肉棒に吸いつき、バキュームをしてくる。

おまんこから愛液が噴き出した。絶頂する彼女のフェラで限界を超え、俺も精液を放っていく。

「んむっ、じゅるっ、ちゅぱっ、ちゅぅっ……！」

彼女はしっかりと肉竿にしゃぶりついたまま、放たれる精液を飲み込んでいく。

「んくっ、ん、じゅるっ……ごくっ♥」

そうして、全てが飲み込まれてしまったようだ。秘唇を見ながらの口内射精は、最高に気持ちよかった。

俺は放出を終えると腰を上げ、彼女の口内から肉棒を引き抜いた。

そしてそのまま、横向きに転がる。

「んはぁ……♥　ん、ふぅっ……」

クレーベルは艶めかしい声をあげ、まだ気持ちよさに浸っているようだ。

「レストさん……♥」

彼女は身を起こすと、横になった俺に跨がってくる。

クレーベルの濡れたアソコが、まだ屹立している肉竿を撫でるように動く。

「んっ、はぁ……もっと、欲しいです♥」

俺の肉竿に、割れ目を擦りつけるように腰を動かしていった。

「レストさんの、がちがちおちんぽ……♥　ん、あぁっ……」

指で角度を変えて、肉竿を自らの膣内へと導いていく。

熱く濡れた膣襞《ちつひだ》が、肉竿を包み込んで刺激した。

「んくぅっ♥　あふっ……」

騎乗位になったクレーベルが、うるんだ瞳で俺を見つめる。

そして、大きめのストロークで腰を動かし始めた。

「あっ♥　ん、ふぅっ……レストさん、ん、ああっ……！」

彼女は腰を振り、貪るように声をあげていく。

蠢動する膣襞が肉棒をしごき上げ、快感を自動的に送り込んできた。

「んぁっ、はぁ、ん、くぅっ……！」

リズミカルに腰を振りながら、感じてていく彼女。

膣襞が喜ぶように震えながら、肉棒をしごき上げている。

「レストさん、ん、はぁっ……レストさんの大きいのが、わたしの中、ん、はぁっ、奥まで、ん、ぅうっ、ああっ！」

「うぉ……クレーベル……！」

彼女は気持ちよさそうに腰を振っていく。

ずちゅっ、にちゅっと、いやらしい音を立てながらの腰振りピストン。

その気持ちよさを感じながら見上げる。

腰振りに合わせて弾む、彼女の爆乳。

たぷんっ、ばるんっ！

柔らかそうに揺れるそのおっぱいに、惹かれるまま手を伸ばした。

「んぁっ♥」

ずっしりとした乳房を持ち上げるように揉んでいく。

むにゅっと形を変えるそのおっぱいに、興奮が高まる。

「あふっ、レストさんのおちんぽ♥　わたしの中でびくんって、あぁっ……♥」

声をあげながら腰振りを続けていくクレーベル。

俺はそんな彼女の爆乳おっぱいを揉みしだいていった。

「んはぁっ、あっあっ♥　んくぅっ！」

俺の上で乱れ、ピストンを繰り返す。

その度に、ごりごりとGスポットを擦り、トントンと子宮口を叩く亀頭の気持ちよさがたまらない。

掌で感じる爆乳の気持ちよさと、肉棒をしごき上げる膣襞の快感。

その両方で、俺もどんどん上り詰めていった。

「んあっ♥　あっ、これ、もうっ、イクッ……！　おまんこ気持ちいいっ、んぁっ♥　レストさんのおちんぽで、イクゥ……！」

彼女は気持ちよさそうに言って、腰を動かしていく。

俺はそんな彼女の乳首を軽くつまんだ。

「んはぁっ！　あっ、今、んぁ、乳首っ、そんな風にいじられたら、ん、ああっ！」

俺は指先でくりくりと両乳首をいじりながら、腰を突き上げた。

「んくぅっ！　あっあっあっ♥　それ、ダメです、んぁ、イクッ！　乳首いじられながら、あっ♥

おまんこ突き上げられてイクゥッ！」

彼女は、さらに激しく腰を振っていった。

俺は乱れるクレーベルのエロい姿を眺めながら、自身も限界が近いのを感じる。

うねる膣襞が肉棒をしっかりと咥え込んでしごき上げ、快感を送り込んできている。

彼女が感じるのに合わせてその動きも激しくなり、肉竿を刺激してくる。

「んぁっ、ああっ！　んっ、はぁ、あっあっあっ♥　イクッ！　おまんこイクッ！　ん、はぁ、あっ、ああっ！」

俺の上で快楽に溺れていく彼女。言いながらも、すでに何度も軽くイっているように思う。

その膣奥目がけて、肉竿を深く突き出す。

「んはぁっ！　あっ、レストさんっ、ん、はぁ、あっあっ、イクッ！　ん、イクイクッ！　イックウウゥウゥッ！」

「うぉ……！」

彼女が本気の絶頂を迎え、膣内がきゅぅっと収縮する。

そんな絶頂するおまんこの締めつけに、俺も耐えきれずに射精した。

「んはぁぁっ♥　熱いの、中で、んぁ、びゅーびゅーっ、勢いよく、んぁ♥　イキながら、奥に出されてイクゥッ！」

精液が子宮口へと噴き出すと、彼女は嬌声をあげ、さらに感じているようだった。

膣内がもっともっと精液をねだるようにうねり、肉棒を締めつけている。

俺はそのおねだりに応えて、あらん限りの精液を注ぎ込んでいった。

「んはぁっ……♥　あっ、ん、くぅっ……」

彼女も快感の波を終え、脱力していく。

俺はクレーベルを支えるようにしながら肉竿を引き抜くと、ベッドへと寝かせた。

「あふっ、ん、あぁ……♥」

クレーベルはとろけた表情で、ぼんやりと俺を見上げていた。

その可愛らしくもエロい姿を眺めながら、俺もセックスの余韻に浸っていくのだった。

●

息抜きの旅も終わり。

店は安定し、個人の時間にはかなり余裕ができはじめていた。

新たな素材も集まっている。今こそ、新しいアイテムの開発をしよう。そう思った俺は、様々な素材を使って、工房で実験を繰り返していた。

当然、集中すると疲れる。少し気分を変えようと工房を出て、屋敷の中を歩いていた。

身体を動かすことで、頭も働くようになる。

このまま森へ出てみるとか、あるいは町へ行ってみるのもいいかもしれない。

人々の生活を見れば、またなにか思いつくかも……。

そんなことを考えながら二階を歩いていると、シャフランが掃除をしているのが見えた。

俺は足を止めて、少しその後ろ姿を眺める。

彼女は慣れた様子で、テキパキと掃除を行っていた。

最初はメイド業務にあまり乗り気でなかったシャフランだが、今ではこうして生活を支えてくれている。店が評判になり、クレーベルやアリェーフがそちらの仕事を中心にしていても成り立っているのは、彼女のおかげだ。

そんな後ろ姿に感慨深いものを感じて見ていたのだが、シャフランは俺に気づいていないようだった。彼女は窓の掃除をするところらしく、台に登って上のほうから拭き始めていた。

元々、露出が多い短いスカートなのに加えて、さらに上へと手を伸ばすことで、その中が俺の位置から覗けてしまう。

「ん、しょっ……」

こちらに気づかず、無防備に掃除をしているシャフラン。

スカートがひらひらと揺れ、中の下着が大きく見えたり隠れたりを繰り返していく。

その光景はなんだか、丸見えよりもとてもえっちだ。

見え隠れすることもそうだし、無防備に下着が見えてしまっているというシチュエーションもエロい。

そして、掃除をしているところをのぞき見ている背徳感もある。

もっと直接的な姿も見ているし、身体を重ねてはいるものの、それとは違った興奮があった。

窓の上部を拭いていくシャフランの姿、揺れるスカートとその奥で誘う下着を眺めていると、ムラムラとした気持ちが湧き上がってくる。

今すぐ、無防備なお尻に抱きつきたいくらいだ。

そんな邪な視線に気づいたのか、シャフランがこちらを振り向いた。

「レスト？　なにかあった？」

彼女は先程までの扇情的な姿について、なにもわかっていない風に声をかけてくる。

それがまたエロく、俺の欲望は膨らんでいく。

「いや、通りがかったら掃除をしてるのが見えてな」

そう言いながら、彼女のほうへと向かう。

「そうなんだ？」

シャフランはそう言って、台から降りた。スカートがふわりと舞って、思わずそちらに目が行く。

「どこ見てるのよ、もうっ……」

彼女はそう言ってスカートを押さえる。

「昼間からえっちな目で見るなんて、本当に……ってレスト？」

彼女の視線も俺の顔から下がり、股間へと向いていた。

無防備にスカートをひらひらさせ、下着をあらわにしていたシャフランを眺めていたせいで、俺のそこにはもう血が集まっていた。

「そ、それって……えっと……」

彼女はそこで、少し顔を赤くした。

その反応が可愛らしく、俺はますますムラッときてしまう。

「な、なんかすごいことになってるけど……」

彼女はそう言いながら、まじまじと股間を眺める。

「シャフランが窓を掃除してるのが見えてな」

「は？　あたしを見ただけで勃起したの？　そんなに溜まっ……あっ！」

俺の言葉に気づいた彼女が、ばっとお尻を押さえる。

もちろん、今更隠したところで、意味はない。

正面を向いている今は、どのみちお尻は見えないしな。

「本当にえっちなんだから……」

恥じらいながら言うシャフランが愛おしい。

「もうっ……元気すぎるでしょ。夜はご奉仕してるのに」

そう言いながら、彼女はまたチラチラと股間へと目を向けてくる。

「あたしの下着をのぞき見て、そんなに膨らませたのよね……それ」

「そうだ」

俺がうなずくと、彼女は顔を赤くしたまま言った。

「そんなに大きくしてたら、苦しくない？」

「正直、今すぐにでもシャフランに襲いかかりたいくらいだ」

そう言うと、彼女はちょっと嬉しそうにしながら続ける。

「もうっ、元気すぎよ……でも、ご主人様の性欲の解消もあたしの役割だしね。そのままじゃ仕事にも集中できないだろうし」

そう言って、彼女は俺の股間に頭の高さを合わせるようにして、膝立ちになった。

膨らんだ股間のすぐ側に美女の顔があるというのは、興奮する。

「それじゃ、あたしがこの元気すぎるおちんちん、おとなしくさせてあげる」

そう言って、彼女は俺のズボンに手をかけた。

「えいっ」

そして下着ごと、ズボンを下ろす。

肉竿が跳ねるように飛び出して、目の前にある彼女の顔に迫る。

「もう完全勃起じゃない。お昼からこんなにえっちなモノを見せつけてくるなんて……♥」

そう言いながら、彼女は勃起竿を見つめ、手を伸ばしてきた。

途中で掃除用の手袋に気づき、それを外すと、シャフランの白い手が肉竿を握る。

「こんなに硬くして……」

にぎにぎと、掴んだ肉竿を刺激するシャフラン。

まだ昼間であり、窓からは外の光が差し込んでいる。

そんな中でチンポに顔を押せているシャフランの姿に、夜の淫靡さとは違う非日常的な昂ぶりを覚えた。

「すぐにでも気持ちよくなりたいって、あたしに向かって突き出してるね……れろっ♪」

彼女の舌が、肉竿の先端を舐める。

「舐められて喜んでるみたい。ぺろんっ」

「あぁ……」

その気持ちよさに、俺は曖昧にうなずいた。

亀頭を舐めあげる舌の感触は素晴らしかった。昼間から味わえるとはな。

「ん、れろっ……こうして、根元のほうまで、ぺろっ……」

彼女は首を傾けながら近づき、幹に舌を這わせていく。

「ちろっ……ん、ぺろっ……浮き出した血管にそうように……れろろろっ！」

「うおっ……」

そうして根元まで行くと、再び頭を引きながら先端へと向かっていく。

「今度はまた先っぽに……♥　ガチガチのおちんぽね……♥　ん、れろっ。くぼんだうらっかわを、れろろろっ♪」

戻る途中で、シャフランはカリ裏を一周するように舌を動かしていった。

「あっ、おちんぽ、ぴくんってしたわね。この弱いところを、れろれろれろっ！」

「あぁっ、そこは、うっ……！」

彼女は器用に舌を回し、カリ裏を集中的に責めてくる。

その刺激に声を漏らすと、シャフランはさらに楽しそうに敏感な場所を舐め回した。

「れろっ、ん、筋のところを、ちろろっ！」

舌先が裏筋を小刻みに動いて刺激する。

その快感に肉竿が跳ねると、さらに舌を躍動させた。

「れろろっ、ん、舐められて感じてるおちんちん、かわいい♥　あむっ♥」

彼女は口を開け、肉竿を咥え込んでしまう。

「ちゅぱっ、ちろっ、ちゅぅっ！」

「う、あぁっ……！」

そして咥えた先端を口内でしゃぶっていく。

温かな粘膜が亀頭を包み、舌が鈴口をくすぐった。

「先っぽから出る我慢汁……れろっ、ん、ちゅぱっ♥」

しゃぶられ、舐められ、欲望が高まっている。

昼間の部屋には陽光が差し込み、チンポをしゃぶる彼女の姿をはっきりと見せる。

明るい中で、俺の股間を咥え込むシャフランの姿。

それは赤裸々なエロさを秘めており、肉竿を頬張る彼女の姿に見とれてしまう。

「んむっ、ちゅぷっ、ちゅぱっ……レスト、ん、はぁ……」

シャフランは肉竿を深く咥え込み、口内で丹念に刺激した。

「ガチガチおちんぽ、もう出したいみたいね……♪　ん、れろっ、ちゅぶっ……」

「ああ、そろそろ出そうだ」

「それじゃ、もっと激しくしてあげるから、真っ昼間からサカっちゃう元気なおちんぽから、いっぱいぴゅっぴゅしなさい♥　ちゅぱっ、れろろっ、ちゅぅっ！」

「あぁっ……！」

彼女は頭を前後させて、唇で肉竿を擦り上げながら吸いついてくる。

搾精ご奉仕の気持ちよさに、射精欲が一気に膨らんだ。

「んむっ、ちゅぱっ、れろろろっ……じゅるっ、ちゅぷっ……」

大きく頭を動かし、俺のチンポをしゃぶり尽くすシャフラン。

「あむっ、ちゅぱっ……♥　んぁ、明るいうちからこんなにビンビンにさせて、ん、ふぅっ……えっちなおちんぽ♥　じゅるっ、ちゅぱっ……！」

「うぁ……シャフラン……」

彼女の過激なフェラで、俺の射精欲が高められていく。

「じゅぷっ、ちゅるっ……おちんぽ、しゃぶりながら吸ってあげるわね、じゅるっ、レスト、これが好きだもんね……。さあ、せーえき、出しなさい。吸い出してあげるから……ちゅっ♥」

「あっ、う、おぉ……！」

唇で肉竿をしごきつつ、ストローのようにして強く吸い込んでくる。

その気持ちよさで、俺は限界だった。

「じゅぶぶっ、ちゅぱっ、じゅぽじゅぽっ！　じゅるっ、ほらぁ♥　イっちゃえ♥　じゅるっ、じゅぽっ、ちゅぅぅぅぅぅぅっ！」

「あぁっ……！」

俺はバキュームフェラに耐えきれず、射精する。

「んむっ、ん、んく、ちゅぅぅぅっ♥」

飛び出した精液に一瞬だけ驚きながらも、肉竿を放さずしゃぶり続け、さらに吸い上げてくる。

シャフランに射精中のチンポを吸われ、腰が震える気持ちよさを感じながら放出していく。

「んくっ、ん、じゅるっ……ん、ごくっ♪」

そして精液を飲み込み終えると、いたずらっぽく俺を見る。

「シャフラン、うぁ……」

「ちゅぅっ♥　じゅるっ、ん、きゅぽっ……！」

最後に軽くもう一度吸って、お掃除フェラまでするエロメイド。

彼女はやっと肉竿を離し、こちらを見上げて妖艶に微笑む。

「濃いのいっぱい出して、すっきり出来た？」

「もちろん」

俺はそううなずいたものの、昼間に受けるフェラご奉仕と、チンポをしゃぶってスイッチの入っているようなシャフランを前にして、まだまだ欲望が渦巻いているのを感じた。

「んっ、よかった」

そう言うと、彼女は立ち上がって軽くスカートをはたく。

「シャフランは？」

「うん？」

俺が尋ねると、彼女は首をかしげた。

「チンポをしゃぶって、ムラムラしてないか？」

彼女は顔を赤くすると、少し大きな声で言った。

「し、してないからっ！　だいたい、まだ日が高いんだから。レストがサカりすぎなの」

「ふうん……」

その様子を見た俺は、強がる彼女に思わずニヤニヤしてしまう。

「あ、あたしは掃除に戻るからっ……レストも出して収まったでしょ？　仕事に戻りなさいっ」

そう言って、彼女は俺に背を向けて、窓のほうへと歩いて行った。

歩くたびに揺れるスカート。仕事に戻るべく颯爽と歩いているようでいて、発情しているのがわかるような、しなを作るような歩き方だった。

そんなシャフランを見ていると、再び性欲が膨らんでいく。

シャフランのほうも、すっきりしたほうが仕事に集中できると思うしな。

もし彼女が本当にまったく感じておらず、ただ俺の性欲を発散させてくれただけだというなら、大人しく仕事に戻ろう。

そう思いながら彼女に近づき、スカートの中に手を入れた。

「ちょっと、あんっ♥」

スカートの中で、下着越しの割れ目をなで上げる。

すると、もうショーツ越しでもはっきりとわかるくらい濡れていた。

「やはりシャフランも、ずいぶん身体が火照ってるみたいだな」

「んんっ、そんなこと、んぁ……」

「これじゃ、集中できないだろ？　一度すっきりしておいたほうがいい」

そう言いながら、下着の中に指を潜り込ませ、くちゅくちゅとおまんこをいじる。

「んぁ……♥　あっ、レストがしたいだけでしょ？　もうっ……♥」

言葉では強気ながら、まんざらでもない様子のシャフラン。

なによりおまんこのほうは、もう期待に蜜をあふれさせている。

「こっちはすぐにでもって言ってそうだけどな」

そう言いながら蜜壺をいじる。

「んんっ……♥　はぁ、ん、レスト、あんっ♥」

俺はスカートから手を引き抜くと、彼女の腰をつかんだ。

シャフランも窓枠に手をついて、お尻をこちらへと突き出すおねだりポーズになる。

そんな彼女の下着を脱がせて、滾る肉竿をあてがった。

「あぁ、レストの熱いのが当たってる……」

「ああ。いくぞ」

そう言って、俺は腰を突き出した。

「んぁ、ああっ！」

十分に濡れているおまんこは、ぬぷり、と肉棒を受け入れていく。

熱い膣内が肉竿を包み込んでいった。

「んんっ、入ってきてる……♥」

うねる膣襞をかき分けて、奥へと侵入する。

「あふっ、ん、はぁっ……♥」

俺はそのまま、腰を動かし始めた。

「んぁっ、中、ん、はぁ、おちんぽが、ズブズブって……！」

膣襞《ちつひだ》を擦り上げながら、往復していく。

蜜壺は愛液をあふれさせ、スムーズな抽送を促しているようだった。

「あうっ、ん、はぁ、だめぇっ……♥」

窓枠に手をついたシャフランが、嬌声をあげていく。

お尻をこちらに突き出すエロい格好で、ピストンに合わせて身体を揺らしている。

「こんなところでなんて、ん、あうっ、ん、はぁっ……！」

昼間の室内。すぐ側ではないとはいえ、同じ屋敷内の一階には今も、店を訪れている人がいる。

そして窓の向こうには当然、外の光景が広がっていた。

野外でこそないものの、危うさをはらんだ状態が、彼女の羞恥心と興奮を煽っているようだ。

「シャフラン、すごく感じてるな。真っ昼間から、窓際でそんなに乱れて……」

「やぁっ、そんなことっ、ん、はぁ、あふっ、んあぁっ！」

指摘すると、膣内がきゅっきゅと反応する。

その気持ちよさに、俺の腰振りもペースを上げていった。

「ああっ、ん、そんなに、後ろからズンズンされたらぁっ♥　ん、ああっ！」

嬌声をあげて乱れていくシャフラン。

白昼の部屋で、しかもベッドではなく、窓辺で身体を重ねていくのは非日常的であり、背徳的だった。そのシチュエーションが、俺たちの快感をより大きくしていく。

「んはぁっ♥　あっ、ん、くぅっ……」

ピストンに合わせて身体を揺らすシャフランの背中を眺めながら、俺は腰を振っていく。

「んぁ、ああっ、これ、だめぇっ……♥」

そう言いながらも膣内は肉棒を咥え込み、体内への射精を求めてきている。

日が射す部屋の中。窓の外に広がる風景。それが興奮を倍化させる。

「もし、誰かがそこの前を通って見上げたら……バックで突かれて感じてるシャフランのドスケベな表情も、乱れて揺れるおっぱいも、全部見られちゃうな」

「だめぇっ♥　あっ、そんなの、あたし、ん、はぁっ！」

彼女は恥ずかしそうに首を横に振った。

しかし逆に、膣襞はさらに肉竿を締めつけてくる。

「見られるかも、と思って感じてるんだな」

「違っ……ん、はぁっ、あっ、いじわる、ん、くぅっ……♥」

シャフランはさらに感じていく。

「ぐっ、すごい締めつけだ」

「あたし、あっ、も、イクッ！　イっちゃう！」

身体を震わせる彼女。俺はラストスパートでピストンの速度を上げていく。

「んはぁっ！　あっ、イクッ！　こんな恥ずかしい姿で、気持ちよくて、イっちゃう♥」

「ああ、ドスケベなシャフランの姿、見せてくれ」

俺は精液が昇ってくるのを感じながら、腰を打ちつけた。

「んはぁっ、あっあっあっ♥　イクッ！　ん、こんなところで、おまんこ突かれてイクゥッ！」

「うおっ、そんなに締めつけると……！」

際限なく乱れていく彼女と、うねる膣襞。

俺はそのままハイペースでピストンを繰り返す。秘穴のキツさがたまらなかった。

「あっあっあっ♥　レスト、んぅ、はぁ、おちんぽズンズン突いてきて、あっ、イクッ、イクイクッ、イックウウゥゥウッ！」

彼女が絶頂を迎え、膣内がさらに収縮する。

蠕動する膣襞が、出せ、出せと言って、精液を搾ろうと肉棒をしごき上げてきた。

その気持ちよさに従い、腰を突き出す。

「んあああっ♥　イってるのに、そんなに突いたら、んぉ、またイクッ！　あたし、んぁ、あっあっあっ♥」

「シャフラン、出すぞ……！」

おねだりおまんこの気持ちよさに任せ、俺も精液を放った。

「んくぅぅぅっ♥　ザーメン、んぁ、びゅくびゅくっ、あたしの奥っ♥　んぁ、ああっ！」

中出しでさらに声をあげ、身体を震わせるシャフラン。

俺はそのまま、彼女の膣内に精液を放っていく。

「あふっ、ん、はぁっ……♥」

おまんこに全てを出し終えると、彼女を後ろから支えながら肉竿を引き抜く。

「ん、はぁ……」

彼女はそのまま力を抜いていったので、しばらくは抱きかかえるように支えていた。

「もうっ、こんなにされたら、ん、すっきりするどころか、まともに動けないわよ……」

「シャフラン、いつも以上に乱れていたからな」

「レストがお昼から、こんなところでサカるからでしょ」

彼女はそう言いつつも、どこか満足げだ。

「また、こういうのもいいかもな」

俺がそう言うと、シャフランは否定せずに顔を赤くするのだった。

エピローグ　三姉妹メイドとのハーレムライフ

元令嬢だった三姉妹メイドとのハーレム生活は続いていく。

やや落ち着きを取り戻しつつも、安定して賑わう店のおかげで生活は豊かになった。

借金のために親から俺の元に送り込まれ、確実に三人一緒にいるためには、ここで暮らすしかなかった姉妹たち。

そんな出会いであっても俺に恩を感じ、尽くしてくれていた彼女たちは、今は自分の意思でこの暮らしを選んでくれていた。

親戚筋でもある男爵が来て、貴族に戻る選択もある中で、俺の屋敷にいることを望んでくれたのだ。

自らを磨き、俺にも尽くし、姉妹仲良く暮らす彼女たちは立派だ。

俺は尊敬すら抱き始めている。

もしあのとき、貴族令嬢として男爵に引き取られたならば、彼女たちは年頃の娘として、どこかに嫁ぐことになっただろう。

しかし俺の元に残った今はもう、そういった貴族間の結婚話などない。

これからも、三人そろって俺に尽くす。

そう言ってくれる彼女たちは今——いろんな意味で俺を「旦那様」とも呼んでいた。

さすがに恥ずかしいので、常にというのは控えてもらっているがな。

俺としては、美人三姉妹に慕われるのは大歓迎だ。

メイドであり恋人であり、あるいはその先の関係でもある俺たち。

そんなハーレムライフを楽しく過ごしているのだった。

実質的に三人の妻を迎えるような暮らしになった俺だが、夜のほうは基本的に一対一が多い。

それは、子作りを意識し始めているからだ
スケベさの追求よりも、一対一でしっかりと種付けしていくのが基本となるな。

しかしもちろん、たまにはそろってのご奉仕を受けることもあった。

今夜はそんなふうに、三姉妹が揃って俺の部屋を訪れている。

「元気すぎるこれ、今日は三人がかりで、たーっぷり搾ってあげるから♪　旦那様♥」

シャフランが近づいてきて、ズボン越しに俺の股間を撫でる。

それ自体はかすかな刺激だったが、谷間を見せつけながら迫ってくる三姉妹とのこの後を想像すると、もう期待が膨らんできてしまう。

「もう大きくなってきてるじゃない……♥」

シャフランは嬉しそうに言うと、きゅっと肉竿をつかむ。

「シャフ姉様だって、待ちきれないってお顔をしていますよ」

アリェーフが言いながら、俺の側に身を寄せてくる。

「レストさん、失礼しますね」

そしてクレーベルが俺の服へと手をかけ、脱がしてくるのだった。

慣れた手つきで脱がされる間に、シャフランとアリェーフも自らの服を脱いでいく。

令嬢たちの身体のラインは、今も完璧だった。

美しい女の子が脱いでいる姿を眺めるのは、最高に楽しい。

たゆんと揺れる大きなおっぱいに、すらりと伸びる脚。

そして無防備にさらされている、おまんこ。

まだ刺激を受けていないそこは、すっと通った一本筋だ。

素直に肉体美に見とれる気持ちと、裸体へのエロい欲望が同時に湧き上がってくる。

その光景に目を奪われていると、俺を脱がしたクレーベルが一度下がる。

そして裸になった妹ふたりが、俺のほうへと近づいてくるのだった。

「旦那様……お待たせしました」

「ふふっ、やっぱりレストも待ちきれないみたいね」

俺の股間へと顔を寄せてくるふたり。

同時にその巨乳が、俺の太股へむにゅっと当たる。

生乳の気持ちよさと、押しつけられて歪むエロい様子に意識を向けると、欲望も膨らんでいく。

そんな半勃起の肉竿に、シャフランが手を添えた。

細い指が肉竿をつかみ、淡い刺激を送ってくる。

「ん、大きさも硬さも、もっとすごくなるわよね……れろっ♪」

「うぉ……！」

彼女が舌を伸ばし、肉竿を舐めてきた。

「シャフ姉様って、最近すごく積極的ですね。赤ちゃん……いちばん欲しそうです♥」

そう言いながら、アリエーフもその舌を伸ばしてくる。

「ちろっ……おちんちん……今日もがんばってくださいね」

「あらあら、ふたりとも」

妹たちのその様子を眺めながら、同じく裸になったクレーベルが近づいてきた。

彼女は俺の後ろへと回ると、そのまま抱きついてくる。

クレーベルの爆乳が俺の背中に押し当てられて、柔らかく心地いい感触を伝えてくる。

彼女は後ろから密着したまま、身を乗り出すようにして顔を横に並べた。

密着するぶん、その柔らかなおっぱいが、むぎゅぎゅっと押し当てられる。

「この眺めもえっちでいいですね」

クレーベルが、俺の肉竿へ舌を這わせるふたりを見ながら言った。

「ああ、すごくいいな」

美少女たちが顔を寄せ合い、ぺろぺろと肉竿へとご奉仕している。

「れろっ、ちろっ……」

「ん、お姉ちゃん、そんなに見ないでよ……」

アリエーフは気にせず肉竿に舌を這わせているが、シャフランはクレーベルの視線に恥ずかしそうにしていた。

そんな様子も可愛らしく、余計に股間にくるものがある。

「おちんちんぺろぺろしてる姿、もっと見せて♪」

クレーベルもそう思ったのか、シャフランを恥ずかしがらせるように言った。

「あぅっ……ん、れろっ。は、恥ずかしいわよ、やっぱりっ……！」

言われたとおりに、ちろりとチンポを舐めるものの、シャフランは顔を赤くして言った。

「むしろアリエーフは、なんでそんなに平然としてるのよっ」

「ん、れろっ……シャフ姉様こそ、今更恥ずかしがるの、可愛らしいですね」

そう言ったアリエーフは、俺とクレーベルを上目遣いで見ながら、見せつけるかのように肉竿を咥えた。

「あむっ、ちゅぱっ、じゅるるっ……♥　おちんちん、独り占めしちゃいますね」

「うおっ、あっ……アリエーフ」

そしてそのまま、強く吸いついてくる。

気持ちよさに声を漏らすと、アリエーフは嬉しそうにして、さらに深く咥え込んできた。

「じゅぽっ、じゅるっ、ちゅぽっ……」

「あはっ、すっごくえっちですね。見てるだけでドキドキしちゃいます」

クレーベルが楽しそうに言って、テンションを高めて爆乳を背に押しつけてくる。

「ほら、アリエーフちゃんのお口が、レストさんのおちんぽをしゃぶって、あんなにじゅぶじゅぶって……」

俺の耳元でそんなことを言うクレーベル。

あらためて解説されると、余計に意識が肉竿へと向かう。

「じゅぽっ、じゅるっ……」

アリエーフは頭を前後に動かし、肉竿をしゃぶっていった。

「ほらほら、シャフランちゃんも」

「わ、わかったわよっ……あむっ、ちゅぽっ……」

クレーベルに言われて、シャフランも再び動く。

彼女は首を傾けると、横向きになって幹のほうを唇で挟んだ。

そしてそのまま頭を動かして、肉竿を唇と舌で刺激していく。

「ん、あむっ、ちゅぽっ……」

「じゅぶぶっ、れろっ、ちゅぽっ♥」

アリエーフは変わらず先端のほうを咥え、しゃぶってくる。

そんなふたりのフェラによる気持ちよさと、俺に身体をくっつけてそれを眺めているクレーベル。

全裸の美女三人に囲まれた状態に、欲望の高まりは増していく一方だ。

「あむっ、んっ、じゅるっ……ちゅぽっ……レスト様、ん、先っぽから、我慢汁が出てきてます。ちゅうっ♥」

「うぉ……！」

アリエーフが先走りを吸い、刺激を与えてくる。

「んむっ、じゅるっ……おちんぽ太くなって、れろっ、血管も浮き出てるわね」

シャフランも頭を動かし、肉竿を唇でしごいていった。

「ふたりがおちんぽを舐めている姿、とってもえっちでいいですね。ほら、じゅぶじゅぶっ、ちゅぱちゅぱって。せーし、お口に出しちゃいますか？　旦那様♥」

耳元で煽るように囁《ささや》くクレーベル。

彼女はその爆乳を押しつけながら、さらに囁いてくる。

「ふたりのお口が、レストさんのおちんちんをぺろぺろ、ちゅぱちゅぱ、卑猥な音が聞こえるくらい、いっぱいしゃぶってますよー♪」

「くぅ……」

「あむっ、じゅぽじゅぽっ……レスト様、ん、じゅるっ……」

「ガチガチおちんぽ、もうイキそうなの？　ちゅぱっ、じゅるっ……出しちゃうの？　いいよ♥」

ふたりはさらに速度を上げて、肉竿をしゃぶっていく。

その気持ちよさに、射精欲が込み上げてきた。

「ん、じゅぽっ、れろっ」

「じゅぽっ、じゅぶっ……んっ♥」

「レストさん、感じてるお顔も素敵です。ちゅっ♥」

クレーベルは間近でこちらを眺めながら言うと、頬にキスをしてきた。

恋人のように甘いキス。キスそのものは、いつもしている。

しかし今は、妹たちにチンポをしゃぶらせているのだ。その背徳感は半端ない。

「んむっ、じゅぽぽっ、じゅるっ、れろっ！」

「じゅぷっ、ちゅぱっ、ん、じゅるっ……♥」

「ああ、そろそろだ……」

俺は限界を感じ、そう声を漏らす。

するとふたりは、さらにペースを上げて追い込んできた。

「それじゃ、あたしたちのお口で出しなさい♪　じゅぶっ、ちゅぱっ、れろんっ♥」

「じゅるるっ、ん、ちゅぱっ……このまま一気に、ん、じゅるるっ、じゅぽじゅぽっ！　れろっ、じゅぶぶっ、ちゅぅぅぅぅっ♥」

「出る……！」

最後にアリエーフが強くバキュームを行い、その気持ちよさに従うように射精した。

びゅくびゅくと放出するタイミングで、クレーベルのキスが深いものになる。侵入した舌が、口内を舐め回してきた。

「わっ、おちんぽ、びくんびくん跳ねながら精液を漏らしてる……♥」

「んむっ、じゅるっ、ちゅぽっ、じゅるるるるっ！　レストさん……はむぅ♥」

ディープキスの感触が股間の快感を倍化する。たまらず俺は、息をつくために口を離した。

「ぷはっ……アリェーフ、そんなに吸うと……うぁ、あぁっ……！」

射精中の肉棒をさらにバキュームされ、精液が吸い出されていく。

「ちゅぅっ……♥　ん、はぁ……」

そうして精液を絞り切ると、アリェーフが口を離した。

「ふたりがかりのご奉仕で、すっかり気持ちよくなったみたいですね」

耳元でクレーベルが言い、俺の胸辺りを撫でてくる。

「それじゃ、交代ね」

そう言ってシャフランが股間の辺りから身を起こした。

「んっ……」

少し遅れて、アリェーフも俺から離れる。

そしてクレーベルも移動して、俺の前に後ろ姿で立った。

彼女のつるんとしたお尻が、すぐ目の前に来る。

そしてもちろん、その向こう側には彼女のおまんこがある。

俺は手を伸ばし、股下から彼女の割れ目をなぞった。

「あんっ♥」

後ろから抱きつき、フェラを眺めている最中に興奮していたようで、彼女のそこはもう濡れている。指先に愛液の湿り気を感じ、俺はそのまま割れ目を往復していった。

「んっ、はぁっ……♥　レストさん、んっ、指よりも……旦那様のまだまだ元気なここ、わたしの中で気持ちよくなってください♪　いっぱい、出してほしいです♥」

そう言って彼女は少し腰を落とすと、俺の肉竿をつかむ。

そのまま姿勢を低くしつつ、肉竿を自らの入口へと導いていく。

「んんっ、はぁ、あっ♥」

そうして亀頭と膣口が触れると、くちゅり、といやらしい音がした。

彼女はそのまま、俺の上に座り込むように腰を下ろしていく。

「んっ、中に、あっ、んはぁっ……！」

クレーベルは、嬉々として膣内に肉竿を迎え入れていった。

「あふっ、ん、はぁっ。出したばかりなのに、硬くて元気なおちんぽです……♥」

彼女は小さく身体を揺らしながら言った。

熱く濡れた蜜壺が肉棒を受け入れ、締めつけてくる。

背面座位の体位で繋がり、クレーベルが腰を動かし始めた。

「ん、あぁっ、あふっ……♥」

蠕動する膣襞が、腰の動きに合わせて肉棒をしごき上げてくる。

さきほどのダブルフェラも気持ちよかったが、やはりおまんこはチンポを咥え込むための場所ということもあり、大きな快感を送り込んでくる。

「あっ♥　ん、はぁっ、ふぅっ……大きなおちんぽ、わたしの中で動いて、ん、あぁっ！」

彼女が腰を動かすのに合わせて、膣内もきゅっきゅと収縮して肉棒を味わうかのように刺激してくる。

うねりながら肉棒をしごき上げてくる長女の優しい膣内の気持ちよさに、俺は身を任せていった。

「レストさん、ん、はぁっ、ああっ♥　大好きです♥　あ、あう……はぁあ♥」

クレーベルが幸せそうな声で俺を呼び、腰を振っていく。

長い髪がすぐ側で揺れ、彼女のうなじが見え隠れした。

首筋自体は、とくにエロい場所というわけではないはずなのだが、普段隠れているものが見え隠れするというだけで、すごく淫猥だ。

「あっ♥　ん、はぁ、ふぅっ……！」

しかも、背を向けている彼女自身はそれに気づいていない。男の興奮を意識していないというのも、背徳的なエロさを煽ってくる。

「んぁ、ああっ。レストさん、ん、はぁ、あふっ……！」

クレーベルはペースを上げて腰を振っていく。

当然、膣襞が肉棒を擦り上げる強さも増し、快感を膨らませていった。

「お姉ちゃん、すごくえっちに腰振ってる……」

「レスト様、ぎゅー♪」

左右からはシャフランとアリェーフが抱きついてきて、その柔らかな胸をむぎゅっと当ててきていた。

ふたりの胸が俺の身体で変形していく。柔らかな膨らみの中に、立った乳首の感触もはっきりとわかる。

美人三姉妹に囲まれてのハーレムプレイ。

男冥利に尽きる夢のような状態に、俺の昂ぶりは増していく一方だ。

「さっきは見られて恥ずかしかったけど……たしかに、自分以外のえっちなところを間近で見るのって、ドキドキするわね……」

「姉様の身体が上下する度に、レスト様のおちんぽが姉様の中を、ズポズポって動いてるんですよね……♥」

左右から抱きつき、耳元でささやいてくるふたり。

その声が余計に興奮を煽り、気持ちよさを膨らませていく。

「んぁ、はぁっ、あっ、レストさん、ん、くぅっ♥　おちんちん、もっと突いてください♥」

クレーベルの腰振りもどんどん速度を増していき、膣襞が肉棒をしごきあげていく。

「お姉ちゃん、あんなに乱れて、えっちなこと言っちゃってるし……♪」

「レスト様も、気持ちよさそうなお顔をしてますね……♥」

左右から抱きついている彼女たちも、その柔らかな膨らみを当てながら興奮しているようだ。

俺は大胆に腰を振るクレーベルの後ろ姿を眺め、おまんこに肉棒を包まれながら、空いている左右の手を抱きついているふたりの割れ目へと伸ばす。

「んぅっ♥　レスト、急に、あっ♥」

「あんっ♥　レスト様、ん、ふぅっ……」

驚きつつも受け入れるシャフランと、すぐに腰を動かし、自ら俺の指に割れ目を擦りつけてくるアリエーフ。

そんなふたりのおまんこを、指先で刺激していく。

「あっ♥ ん、ふぅっ……♥」

「んんっ、あっ♥ ひぅっ♥」

耳元で可愛らしい喘ぎ声をあげるふたり。

その淫音も俺を興奮させていく。

「あっあっ♥ ん、はぁっ……」

「レスト様の指が、私の中に、ん、はぁっ♥」

くちゅくちゅと、ふたりのおまんこをいじっていく。

指先を侵入させ、浅いところをかき回していった。

「あっ、ん、あふっ……」

「そこ、ん、弱いです、ああっ……♥」

そうして俺が妹のおまんこをいじる間も、クレーベルの蜜壺はしっかりと肉棒をしごき上げる。

「ああっ！　レストさん、ん、あっあっあっ♥」

彼女は昂り、さらに腰振りのペースを上げていった。

「ああっ、もう、このまま、ん、イキそうです、ああっ！」

「ひぅ、ん、はぁっ……あたしも、ん、おまんこいじられて、あぁっ……♥」

「レスト様、ん、私のアソコ、もっとかき回してください、ん、はぁっ……♥」

左右から抱きつき、耳元でエロい声を出していくふたり。

そして大胆に腰を振って、絶頂を求めるクレーベル。

「んはぁっ、あっ、もう、イキますっ……♥　レストさん、ん、はぁっ、ああっ……♥」

彼女は快感のまま大きく腰を振る。前後に、左右に、俺のチンポを欲張りに貪る。

蠢動する膣襞が肉棒をしごき上げ、俺を射精へと導いていった。

「あっあっあっ♥　イクッ、ん、はぁ、おまんこイクッ！　レストさん、ん、はぁぁ、あっ、ん、はぁっ……♥　精液、いっぱいください！　おまんこのいちばん……奥に、出してください！」

「お姉ちゃん、イキそうなんだ♥　ん、あふっ……」

「レスト様も、もう出ちゃいそうってお顔になってます……♥」

左右のふたりもぎゅっと抱きつき、おっぱいを押しつけると同時に、おまんこを差し出してくる。

俺は両手の指と肉竿で、姉妹三人のおまんこを同時に味わいながら、快感に飲まれていった。

「んはぁっ、あっ、ん、もう、イクッ！　んぁ、おまんこ、奥まで突かれてイクッ♥　んぁ、あっあっ、イックウウゥゥゥゥッ！」

クレーベルが絶頂を迎え、身体をびくんとのけぞらせる。

同時に膣襞がきゅっと締まり、子種の放出をねだってきた。

「ああ、出るっ……！」

絶頂おまんこの締めつけに促されるまま、俺も我慢せず射精した。

「んはぁぁっ！　レストさんのせーえき、んぁ♥　イッてるおまんこに、どびゅどびゅ……注がれて、またイクゥッ！」

中出しの射精を受けて、さらに嬌声をあげていくクレーベル。

おまんこは喜ぶようにうねり、精液をゴクゴクと飲み込んでいった。

俺はその膣内に、気持ちよく射精していく。

「んぁ、あっ、はぅ……♥」

そして射精を終えると、快楽でぐったりと脱力したクレーベルを支えるように抱き上げる。

じゅぽっ、と音を立ててチンポが抜ける、彼女のおまんこからは混じり合った体液がとろりと垂れてきた。

そんな彼女を、ベッドへと寝かせる。

「んっ、はぁ……♥」

クレーベルは横たわり、快感の余韻に甘い声を漏らしている。

「レスト様」

それを眺めていた俺に、再びアリェーフが抱きついてきた。

彼女の胸がむにゅっと当たる。

その柔らかさに意識を向けていると、シャフランが脚の間へと移動していた。

「レストのここは、あたしがお掃除してあげる♪」

シャフランの手が肉竿を握り、ためらいなく口で咥える。

「ちゅぱっ、れろっ……」

俺の精液と姉の愛液が混ざった肉棒に吸いつくシャフラン。

卑猥な水音を立てながら、彼女の舌が肉竿を舐めていく。なぜかいつも、お掃除フェラを自分の役割りと思っているようだ。射精後で敏感な肉棒の扱いも、とても丁寧だった。

「次はあたしの中にも、ね？　ちゅぅっ♥」

そしてそこからは、自分をアピールするのもいつものこと。

チンポをしゃぶりながら、妖艶に迫ってくるシャフランを拒むことはない。

アリエーフも俺に抱きつき、期待した目を向けている。

まだまだ夜は終わらない。

彼女たちが来るまでの俺は、幽霊屋敷でひとり、マジックアイテムの作成を行っていた。

都会を離れ、人との交流も減らし、淡々と日々を過ごしていた。

そんなところに転がり込んできた三人の元令嬢メイドたち。

彼女たちとの暮らしは賑やかで、今やこの屋敷には、アイテムを求めて多くの人が訪れるようになっていた。そして夜は、こうして彼女たちと身体を重ねる日々だ。

三人の美女に求められる、幸せな生活……。

これからも間違いなく、こんなハーレムライフが続いていくのだ。

その幸せに包まれながら、今夜も俺は彼女たちを抱くのだった。

END

あとがき

みなさま、こんにちは。もしくは、はじめまして。赤川ミカミです。

嬉しいことに、今回もパラダイム様から本を出していただけることになりました。

これもみなさまの応援あってのことです。本当にありがとうございます。

さて、今作は没落した貴族の令嬢三姉妹が借金のカタに送られてきて、メイドとして様々なご奉仕を行う、という話です。

普段は話の流れから考えることが多いのですが、今回はヒロイン中心とし、流れは控えめを意識してみました。


本作のヒロインは三人。

まずは三姉妹の長女、クレーベル。

箱入り娘だったこともあって、当初は空回りもするものの、前向きで明るい頑張り屋です。三姉妹揃って引き取ってくれた主人公に感謝しており、慣れないメイドも素人なりに一生懸命。人当たりもよく、主人公が店を始めてからは看板娘として活躍します。

次に次女であるシャフラン。

ある意味いちばん令嬢らしく、わがままに育ってきた彼女は、当初はメイドらしいふるまいもできません。その分、ご奉仕には積極的です。

強気でわがままな部分が目立ちますが、根は真面目であり、接する内に態度を軟化させていくと、メイドとしてのスキルをしっかりと身につけ、生活を支えてくれるようになります。

最後は三女のアリェーフ。

姉たちに比べると大人しく、真っ当な意味での令嬢っぽい彼女は、メイドとしての仕事も初心者なりにこなしていきます。

また、魔法にも興味を示し、主人公の弟子として活躍します。

そんなヒロイン三人とのいちゃらぶハーレムを、お楽しみいただけると幸いです。


それでは、最後に謝辞を。

今作もお付き合いいただいた担当様。いつもありがとうございます。またこうして本を出していただけて、本当に嬉しく思います。

そして拙作のイラストを担当していただいた「のとくるみ」様。本作のヒロインたちを大変魅力的に描いていただき、ありがとうございます。そのおかげでヒロイン三人とのハーレムプレイは、豪華感が素敵でした！

最後にこの作品を読んでくれた方々。過去作から追いかけてくれた方、今回初めて出会った方……ありがとうございます！

これからも頑張っていきますので、応援よろしくお願いします。

それではまた次回作で！

二〇二三年三月　赤川ミカミ

KiNG novels

キングノベルス

没《ぼつ》落《らく》貴《き》族《ぞく》の令《れい》嬢《じょう》三《さん》姉《し》妹《まい》を押《お》し付《つ》けられたので最《さい》強《きょう》メイドとして教《きょう》育《いく》してみた。

2023年 3月29日　初版第1刷 発行

■著　　者　　赤川ミカミ
■イラスト　　のとくるみ

発行人：久保田裕
発行元：株式会社パラダイム
〒166-0004
東京都杉並区阿佐谷南1-36-4
三幸ビル4A
TEL 03-5306-6921
印刷所：中央精版印刷株式会社

KN111

サポートスキル『増強』を悪用して
成り上がり復讐ライフ!
赤川ミカミ
Mikami Akagawa
illust:218
溢れる気持ちも無限大!
美女の愛なら、
改革余裕でした♥
故郷を貴族に奪われたリュジオ。幼なじみのタルヒや、医療スキルを持つアミスと共に反抗組織で復讐を誓う彼には、【増強】という固有スキルがあった。そのスキルで最強となったリュジオだが、美女達の愛情に包まれたことで英雄への道を歩み始めて!?